LAS LUCHAS
DE DEMETRIO DEAL
PANDEMIA 2020

Francisco Tosi

LAS LUCHAS DE DEMETRIO DEAL

PANDEMIA 2020

Primera edición: abril 2024

ISBN: 978-84-10253-30-8
ISBN digital: 978-84-10253-31-5
Depósito legal: M-9959-2024

Editorial Adarve
C/ Luis Vives, 9
28002 Madrid
editorial@editorial-adarve.com
www.editorial-adarve.com

Impreso en España

A mi esposa Maria Julia y nuestra hija Eugenia Julia.
Al maestro Fernando Sánchez Sorondo.

Prólogo

La implacable rueda de la modernidad va dando sus vueltas. En el transcurso de una vida, especialmente si es lo suficientemente larga, los escenarios van cambiando. Como diría Séneca la vida es corta o larga según como se la usa y concluiría Sennet que cambia más frecuentemente la persona que el paisaje inmobiliario que la contiene. Le ocurre a Demetrio Deal, el protagonista de estos cuentos, que en la madurez de su ministerio sacerdotal se encuentra con una sociedad muy diferente de aquella en que sintió el sagrado llamado de la vocación. En aquel entonces, la parroquia era un centro de vida de la comunidad, y el sacerdote a cargo contaba con una estructura articulada de apoyo propio. Una gran cantidad de personas acudían a las misas y a las múltiples actividades que se organizaban. Había recursos, la iglesia era en verdad, bien o mal asamblea de todos. Existían críticas pero también respuestas.

Demetrio se encuentra, en el transcurso de estos relatos, ya bien entrado el tercer milenio con que abundan las primeras y faltan las segundas. Sus energías ya no son las de antaño y los problemas son cada vez más complejos, inversamente proporcionales a los recur sos. Para colmo vino la peste del covid-19.

No se rinde. No se escapa. Sigue.

Estas son algunas de sus historias que he dividido entre precuarentena y postcuarentena.

Precuarentena

Conversaciones con Dios

Demetrio Deal, párroco de Santa Teresa, estaba barriendo el baptisterio, cerca de la pila bautismal. Había faltado la mujer que ayuda en la limpieza, solo vino el hombre que también colaboraba para avisar que estaba engripado y no podía trabajar.

—Vaya tranquilo, don Esteban —le dijo el cura, y quedó a su cargo sacar el polvo y la suciedad de la noche anterior hasta la misma mañana, para preparar la misa vespertina, la de las 19. De pronto, vio un sobre en el suelo, oscuro, disimulado en la penumbra. Lo deja apoyado arriba de uno de los bancos y termina la tarea. Al fin, cansado, haciendo lo mejor que puede, queda todo más presentable y se va a la sacristía. Tiene que terminar el reporte al vicario y pensar en tantos temas pendientes que lo abruman. Mecánicamente recoge el sobre. Se sienta en la dura silla de madera, todavía hay luz en esta media tarde de invierno. Como puede va acomodando todo lo pendiente. Lo clasifica en urgente, urgentísimo e insoluble. Satisfecho con este primer paso y filtro, mira el sobre. Está abierto, lo examina desde afuera. Es evidente que quiere saber que contiene. Tantas veces ha visto sobres que le han dejado con tentaciones varias, pornografía, insultos o inclusive testimonios delirantes de experiencias místicas. Pero igual, el cura, a nada le escapa. «Nada te turbe, nada te espante, solo Dios basta», como decía la santa, por eso tampoco teme. Sigue revisando. En el sobre hay una página escrita. Un título: «Palabra de Dios», más abajo, al pie, «Conversaciones con Dios», firmado por un nombre compuesto y un apellido. No lo conoce. Tal vez sea una firma muy famosa y prestigiosa, pero a él, modesto religioso de parroquia, no le suena.

No es un panfleto provocador, no parece. Más bien un ensayo. Primero lo lee en diagonal, luego con más detenimiento. Es correcto, tiene forma epistolar, bien escrita.

—¡Con todo el atraso que tengo, lo único que me falta es meterme en estas diatribas!

Demetrio lee por tercera vez la página impresa. Es un sacerdote diocesano en su plena madurez. Ha visto mucho en su vida. A los sesenta y tantos, la pasión de la fe se ha ordenado y disciplinado a la finalidad de su ordenación: la cura de las almas. Especialmente las almas en pena. Es posible esa sea la razón de su insistencia. Al fin deja a un lado la hoja con la conversación con Dios. Instintivamente mira hacia arriba, y distingue claramente la humedad del cielorraso. Esto le recuerda la carga de su responsabilidad, la del funcionamiento de la parroquia de todos los días. Agarra con firmeza lo que había definido como urgente. Una eficiencia inesperada, lo hace liquidar cada uno, uno tras otro, hasta el insoluble, todos los trámites. En un santiamén. Demetrio es alto. Termina la tarea y se estira en la silla, cuan largo es. Aún falta para la misa. Impulso, servicio o inspiración, agarra de nuevo la hoja ya lejos de su sobre protector. Sin previa lógica ni razón alguna, se pone de pie y saca un papel blanco, níveo a la luz del crepúsculo. Hay una buena cantidad en la bandeja de la impresora, por las dudas, toma otro, así son dos. Sin un argumento planeado, se larga a escribir. No se da cuenta cómo y qué rápido castiga el teclado de la vieja computadora de mesa. Es un ratito, en un frenesí, cubre la hoja con sus frases. Son sus humildes respuestas a la lectura. Quisiera seguir, pero se detiene, piensa que con esto es suficiente. Cuando era más joven le gustaba leer sus escritos en voz alta. Tal vez por su inseguridad, necesitaba el sonido de las palabras en su propia voz, para conformarse y animarse así, al juicio ajeno. Por eso lo lee, no le gusta mucho, pero es mejor que nada.

Corrige la ortografía con la ayuda de la máquina, saca algunas palabras, agregas comas. Lo lee de nuevo.

Estimada hermana, amiga o lo que quieras ser. Nadie está predestinado, sino que con su palabra y obra que a sí mismo define. Yo soy Demetrio. No soy Dios. Vos sos María Rosa, entiendo que vos tampoco sos Dios. Por eso te escribo. Las campanas repican en tu historia como en las de los que estuvieron y los que vendrán. Yo, que como te dije no soy Dios, no conozco si los infortunios de tu vida, o los de la lógica científica, de la caridad por explotación o del devenir de la ciencia que hayan sido crédito o débito a la perfección. Que esa si es Dios. Pero, querida María Rosa, en algo tenemos que creer, superior, perfecto y universal. Como el amor sublime y perfecto tiene en nuestra vida material tropiezos y dificultades, así la vida del espíritu resplandece en la utopía. ¿Dónde está la utopía? En lo perfecto. ¿Dónde está lo perfecto? Ahí está la cosa.

Para mí que solo soy Demetrio, lo perfecto está en Dios, un poco lejano las más de las veces y otras, en los escasos logros o aun en los profundos abismos, cercano. Y para los psicópatas que blasfeman en el nombre de Dios, en el gran final, les queda la esperanza posible del perdón. ¿Qué más querés?

Quisiera escribir más, pero se hace tarde. Pone la hoja dentro del sobre y la vuelve a dejar, solo con su respuesta, en el mismo lugar donde la había encontrado.

Tiene ganas de escribir afuera algo como *fiat voluntas tuas* o *ad maiorem gloriam dei* o *adonai, adonai*, pero comprende que es una provocación estúpida. Vuelve a la sacristía para prepararse para la misa. Se queda pensando. Rápido va a buscar una de las lamparitas que funcionan y la cambia por la que está quemada justo cerca de donde dejó el sobre, para poder ver bien desde el altar o el púlpito si alguien lo recoge.

Demetrio, como se sabe, no es Dios.

Ausencias

Demetrio recibió a Gabriel, después de varios años sin verlo. Se habían encontrado, la última vez en lo del visitante, en San Carlos. Aquellos días fueron muy agradables, a pesar del frío, por las largas charlas, en el fondo, al lado de la casa parroquial. Justo atrás de la iglesia blanca, de dos torres al frente y una sola nave. Demetrio se acordaba siempre de las lápidas que habían sido reconstruidas, ordenadas y expuestas por el trabajo generoso de tantos vecinos y amigos, bajo la atenta dirección de Gabriel. En una esquina de la plaza donde estaba la iglesia, justo enfrente, al lado de la estación de policía, quedaban las ruinas reconstruidas de parte del fuerte y un viejo cañón. La iglesia clara, al lado de la radio brillaba a mitad de la cuadra. Habían ubicado detrás del final del edificio blanco consagrado al santo reformador, san Carlos Borromeo, placas de piedra apenas pulida, como si fuera un cementerio, con grabados los datos esenciales de esclavos fugitivos, soldados, oficiales, pobladores y anónimos solo identificados por su edad y sexo, algunos de ellos probablemente alcanzados por el fuego de aquel cañón, exhibido afuera...

La iglesia estaba casi siempre vacía y la combinación de historias de la pequeña crónica de dos siglos atrás, con la nostálgica decadencia del templo, habían marcado a Demetrio, con la huella del recuerdo.

—Gabriel, ¿por qué ocupaste tanto tiempo en reconstruir estas lápidas?

—Porque tenía los datos en los viejos libros parroquiales y era una gran oportunidad.

—¿Pero por qué perder tiempo y recursos en esa reconstrucción en lugar de pintar y reparar la humedad?

—Me pareció que traía a presencia esos ausentes. La gente recuerdo mejor lo que ve.

—Es que es el bien por el bien mismo.

En su momento le había parecido una respuesta como para terminar la conversación y cambiar de tema.

En verdad eran tantos los problemas y las preguntas sin respuestas, que ese era, probablemente un asunto menor.

Cuando Demetrio supo que venía Gabriel de visita, lo primero que recordó fue justamente esa conversación. No tenía en la cabeza todo el resto que comentaron y las experiencias que intercambiaron, cada uno en su diócesis, le había quedado impreso lo del cementerio y esos nombres de renovada presencia.

Santa Teresa también era una iglesia que pasaba la mayor parte del tiempo vacía. Era un problema general, no particular.

—No he sabido armar un grupo de personas interesadas en venir —confesaba abiertamente Demetrio a Gabriel, párroco de San Carlos.

—Nos pasa a todos, Demetrio.

La conversación languidecía, como la tarde que se estaba transformando en noche.

—Me acuerdo cuando me comentaste tu propósito con el cementerio.

—¿Qué te acordás?

—Me dijiste «traía la presencia de los ausentes».

—Que los habías tomado del libro parroquial de las defunciones.

—Es verdad.

—Yo también quisiera traer la presencia de los ausentes.

—¿Tenés un libro de los muertos en la fe?

Demetrio Deal, el párroco, era hombre de entusiasmos e inspiraciones.

—No, no lo tengo y no sé si quiero tener ese registro. Aunque como me sugerís, en algún lado debe estar.

—¿Cuál es tu idea?

—Necesitamos a los ausentes. Más que nunca.

—¿Y entonces? —cada vez más interesado, preguntaba el párroco carolino.

Así fue que Demetrio le contó su idea a Gabriel.

Pasaron varios años. De nuevo Gabriel fue a visitar a Demetrio a la parroquia. Quedó admirado por la colección de pesebres que inmigrantes napolitanos habían hecho y donado muchos años atrás. Cada uno identificado con un nombre de algún ausente. Tenían un sistema de iluminación natural muy ingenioso, durante el día. Algunos turistas pasaban a visitarla. De vez en cuando dejaban monedas o mínimas donaciones.

—¿Has logrado que la iglesia esté llena?

—Para nada. Más o menos como antes.

—Pero estoy muy contento con haber tenido la idea y haber podido recuperar los pesebres.

—El bien por el bien mismo.

Los dos hombres maduros y fogueados por el transcurrir de la vida y la contemplación serena de las vueltas de la historia, con alegría, se dieron, sin palabras, un gran abrazo.

El abrazo

El padre Deal está inmerso en un sopor hace más de media hora.

—Para mí está durmiendo.

Dice Carmen, una de las mujeres de los lunes. Así se autodenominaron las amigas, sostenedoras, organizadoras y verdaderas columnas portantes de la parroquia de Santa Teresa. Demetrio Deal las llama de otra manera: las ecónomas a cargo. Es un nombre más canónico. El asunto es que las cinco mujeres vienen todos los lunes. De 17 a 19 horas. Hasta la misa vespertina.

Precisamente ahora, a las 18, están haciendo un intervalo en su reunión para la organización de la colecta, la que se hará en todas las parroquias de la Argentina el próximo 9 y 10 de Septiembre.

De pronto Demetrio se pone de pie y con todo su aspecto juvenil y enérgico de sus 62 años les dice:

—Se me ocurrió una buena idea para movilizar la colecta.

—¡Estaba pensando, entonces! —dice por lo bajo Eulalia, con admiración.

Pero las primeras palabras de la explicación son interrumpidas por un grito.

El grupo está reunido en una pequeña oficina al lado de la sacristía. En la puerta se lee ECONOMATO. Salen todos, los seis, en dirección al grito. Viene desde dentro de la iglesia. Del lado de la capilla de San Sebastián, también llamada «de las medallas», por los numerosos exvotos que hay allí, sobre las paredes a ambos lados del altar. Hay poca luz.

Rudecindo, el sacristán, electricista, carpintero, albañil, se mueve confusamente entre las sombras. Demetrio es el primero en llegar. De inmediato comprende lo que está pasando. Trata de detener las cinco mujeres pero ya están a su lado. Eulalia cae desmayada. Carmen se para delante de las otras dos. Hay un hombre con una capucha negra que apunta a Rudecindo con algo brilloso. Debe ser un arma, una pistola o algo parecido.

El intruso debe haber sorprendido a Rudecindo, entrando por la puerta trasera y ha abierto o hecho abrir la pequeña reja que separa el altar y las ofrendas de los primeros escalones de la capilla.

—¡Todos al suelo!

Ruge su voz de mando. Retumba en la acústica gloriosa profanada. Demetrio no pierde la serenidad.

—Tranquilo, no estamos armados.

—Eso ya lo sé. ¡Todos al suelo!

Obedecen. Siete personas quedan quietas sobre el suelo oscuro y frío.

—Andate antes que entre alguien o te escuchen afuera. Falta poco para la misa.

Demetrio tiene miedo. No solo al ladrón y su amenaza, sino que alguien entre y se arme un tiroteo o una pelea. Tiene una idea.

—¿Para qué querés llevarte las ofrendas? Nadie te las va a comprar. Robadas son malditas.

—Igual, por las dudas me las llevo. Dame la plata que tengas y lo que llevan encima.

El cura siente que el asunto se está poniendo complicado.

En un instante se prenden todas las luces y para sorpresa de todos echa a andar a pleno el órgano (es decir la grabación que hace de órgano).

El encapuchado parece que reacciona y les va a disparar.

Es un instante supremo y ruidoso.

Al fin larga una puteada, abre la puerta del fondo, por donde había entrado, y sale corriendo.

Solo se escucha el ruido de algo que cae al piso.

—Qué raro. Tiró el arma —comentan.

Al mismo tiempo, por el frente aparece Rodrigo, el gran amigo de Demetrio. Ingeniosamente al llegar había comprendido todo sin dejarse ver. Se le había ocurrido prender todas las luces y al mismo tiempo poner la grabación al máximo volumen.

—Rodrigo, estuviste genial.

Le dice Demetrio admirado por la presencia de espíritu de su amigo. Mientras camina unos pasos tras el rastro del ladrón y levanta lo que había caído al piso: una pistola de juguete.

—El primer juguete para la colecta —dice triunfante y le da una bendición simbólica.

Esa tarde, bajo las luces que brillan como nunca y protegidos por un avemaría esplendoroso todos se fundieron en un abrazo reparador. De inicio a fin, espejo de la Providencia.

El trato del padre Deal

Demetrio Deal, párroco de Santa Teresa, tiene 62 años, aunque, como muchos clérigos tienen una edad indefinida, después de la mitad de la vida todos parecen bastante mayores. Su hermano Pedro es escribano, un hombre tímido y retraído, solo dos años menor. Hace dos meses murió su esposa, Delfina. Una mujerona que hacía poco honor a su delicado nombre, pero acomodaba todas las relaciones públicas, tan útiles en el negocio notarial, que Pedro, por carácter y personalidad no podía hacer. Su muerte violenta e inesperada, había consternado a Pedro. La pobre había sido asesinada al resistirse a un asalto, en pleno centro de la ciudad y bajo el sol de mediodía. Solo defendía su cartera. Posiblemente haya sido una reacción de temperamento más que la defensa de dinero o lo poco que ese día llevaba. Dos delincuentes, ágiles y rápidos habían escapado sobre una moto. A la vista de todos.

Habían tenido una hija, que habían llamado con el anticuado nombre de Rosalinda. Ahora, a los 33 años, profesora de gimnasia en varios colegios, se había acercado mucho al padre, para compartir la gran pérdida. Delfina había sido el motor de la familia, con su vozarrón y su presencia exuberante era la que hablaba y decidía por los dos. Y ellos estaban conformes. Pedro era ya la tercera generación de escribanos. Había trabajado siempre tranquilo pero seguro y con una clientela solvente y continua. No era millonario, pero había juntado un buen capital, rentas financieras, inmuebles y algunos títulos públicos que el mismo administraba con un consultor en el extranjero.

Demetrio había tenido también un tercer hermano, era el menor de los Deal. Había muerto hace muchos años. Felisberto Deal había intentado encontrar fortuna con una inversión en Nicaragua. No solo no había encontrado la fortuna sino además había terminado enfermo a los pocos meses. Gracias a Pedro había vuelto a la Argentina, pero a los pocos meses el dengue hemorrágico se lo había llevado. Dejaba una exesposa que nunca más encontró, nadie más de la familia, solo una hija pequeña. Pedro, bajo la recomendación práctica de Delfina la llevó a vivir con ellos en el departamento de Arenales y Suipacha. Así creció Sol, que hoy tiene 18 años y ya va consumiendo el primer año de psicología. Lo ha hecho con pasión, devorando el conocimiento.

Pedro se lleva muy bien con Sol, a pesar de la diferencia de edad. Le sorprendió cuando, a sus 17 años, le comentó, así como al pasar, que había leído la obra completa de Freud, todos sus 26 tomos, algo de Jung, Winnicott, Klein, Bleger, Aberastury, ya que llegaban los libros todos los martes con el diario La Nación.

Todos habían quedado muy golpeados por la muerte de Delfina. La que parecía la esencia de la vitalidad, la vida misma en su pulsión excelsa, había sido frenada y apagada por una sola bala de una pistola casera, calibre 9. Justo le embocaron el corazón. *Fiat voluntas Dei*, había dicho Demetrio con cristiana resignación. Pedro no había expresado su dolor más que con un llanto profundo y silencioso. Una pena profunda y misteriosa parecía haberse adueñado de su ser. Sol y Rosalinda, con espontaneidad, habían llorado, insultado y protestado por la injustica de la muerte. Ellas, como era de esperar se habían desahogado contra esa dura realidad, hasta tocar el fondo, para luego caer exhaustas en el duelo. El crimen había ocurrido hace varios meses. Sol y Rosalinda estaban saliendo de la flojedad melancólica del recuerdo lastimoso y de a poco recuperando el ritmo de la vida. Como hubiera querido Delfina, repetían. Pedro se había aislado. Desaparecía largo rato, según él para caminar y distraerse. Pero el motivo real era otro.

Demetrio está sentado en la sacristía, en conversaciones con el vicario del obispado. Le está planteando la precaria situación de las dos capillas y el peligroso estado del campanario. Ya la iglesia permanece a oscuras la mayor parte del día porque no hay dinero para cambiar las lámparas de bajo consumo que se van rompiendo, pero sobre todo porque los vitrales están muy sucios y no dejan pasar la poca luz que los edificios de los costado opacaban. Las capillas tanto la de San Sebastián como la de San José estaban que se venían abajo, para no hablar de la estatua de madera de san Carlos. Demetrio comentó:

—No solo el peligro que cayera material sobre alguna persona sino que la falta de brillo y de color no permiten reforzar la fe a través del arte y la belleza. Porque no se ve ni de que se trata. ¡A ver si piensan que San José es San José Fernández y viene algún chino!

—Bueno, padre, por lo menos no pierde el humor —respondió el vicario por la alusión a san José Fernández, mártir en China que se venera el 24 de julio.

—Pero no tengo respuestas. La directiva episcopal es que cada parroquia debe originar sus fondos por la caridad de sus fieles o por la persuasión al Estado. Así de canónico.

El vicario terminó el té, saludó a Demetrio con respeto y admiración por sus años al frente de la comunidad y salió.

Demetrio se sorprendió al ver a Pedro, muy tranquilo sentado mirando al Santísimo.

—Pedro, qué hacés acá, ¿estás bien?

—Es el momento que mejor me siento en estos tres meses desde que mataron a Delfina.

—Ahh —comentó curioso Demetrio.

—Ahora estoy en paz.

—Me parece bien que hayas tomado la partida de tu amada esposa a la casa del señor con serenidad.

—Algo de eso hay. Pero tal vez mi camino haya sido algo distinto —Demetrio comenzó a inquietarse. Lo veía diferente a Pedro. Aplomado sí, pero casi demasiado frío, casi impasible.

—Ayer liquidé a los dos delincuentes.

—Ahh, los denunciaste —afirmó esperanzado Demetrio, aun sospechando algo peor.

—Vos sabés que a mí me gusta hacer las cosas por mi cuenta. Me compré una buena pistola, pagué unos mangos por acá y por allá, me fui acercando a los de la moto. Los pude ubicar. Antes que los mate otro o que ellos desparezcan, me aposté todo un día en unos pastizales cerca del Matanza. Cuando me pareció que estaban solos, los sorprendí y antes que pudieran reaccionar los maté a cohetazos. Le di tres a cada uno. Numero perfecto dirías vos.

Demetrio retrocedió hasta una silla y se dejó caer mientras razonaba, estupefacto por lo que estaba oyendo e inclusive impactado por las palabras elegidas por Pedro. Hizo caso omiso al detalle de la trinidad.

—¡Estás loco!

—Loco iba a estar si no los mataba.

—¿Qué vas a hacer?

—Me voy a rajar. Tengo todo planeado. Me voy a ir para Costa Rica. Ya le avisé a Sol y Rosalinda que salgo para San José hoy a la madrugada, vía Panamá. Les dije que me voy por dos meses. Después le diré que no pienso volver.

—Vos sabés que canónicamente estoy obligado a denunciarte a la policía.

—No lo vas a hacer. ¿Denunciar a tu hermano?

—¿Vos te das cuenta lo que hiciste?

—Ahora estoy en paz. No sabes lo bien que me siento. Duermo sin pesadillas.

Demetrio no sabía cómo explicarle que había matado dos personas que no se podían defender. Que eso no era una confesión sacramental sino la información de un terrible delito.

—Si me vas a decir que maté dos inocentes y eso es, como dicen ustedes, canónicamente grave, ya te aclaro que no eran ningunos inocentes. De hecho hice un ruido para que se alertaran y ya tenían el arma en puño y el otro una faca, así que pensalo para tu dogma que fue en defensa propia y que esos no eran inocentes.

»También te informo que establecí un fideicomiso para el arreglo total de tu iglesia de Santa Teresa, campanario incluido. Te va a alcanzar también para restaurar a san José y ponerle color a las flechas.

Pedro se acercó a Demetrio que, incrédulo, lo miraba sin saber qué hacer. Respondió a su abrazo. Demetrio dejó caer algunas lágrimas. Pedro lo abrazó más fuerte.

—Rezá por mí. Este es el trato —dijo Pedro.

Demetrio se quedó mudo. Sabía que la oración es doblemente valiosa para las almas más oscuras.

Le respondió.

—Ese es nuestro trato.

Pocos meses después el vicario se sorprendió al ver la iglesia tan refulgente y radiante. Las personas concurrían y comentaban las bellezas artísticas que avivaban su fe.

—Los caminos de Dios son inescrutables —respondió Demetrio con toda naturalidad.

—Amén —dijeron ambos.

La resignación

Demetrio Deal, párroco de Santa Teresa, está sentado en la penumbra silenciosa de la sacristía. Ni algún ruido furtivo que debiera distraerlo logra llamar su atención. Es que, en realidad, Demetrio ya los conoce y su atención está fija en lo que no conoce, el asunto central de sus últimos años. ¿Cuál es el tema central? ¿En qué está tan concentrado? Es la razón de la soledad de esta y otras iglesias. Es la respuesta a como acercar la gente a esta acogedora casa. La casa de Dios. *Ecclesia* es justamente eso: asamblea de Dios. Pero es una asamblea sin asambleístas. Desde la Conferencia Episcopal, la autoridad postconciliar por definición no le llega mucha ayuda, sino más bien la onda expansiva e inquietante de la misma preocupación.

Usa las redes sociales, hace como el padre Ramón Aguirre de la lejana San Francisco, que organiza conciertos en la iglesia y le va tan bien, con tanta gente. Pero ese Aguirre es producto de la mente del escritor norteamericano que Demetrio lee distraídamente algunas noches, la realidad se muestra hostil. La gente no aparece. Cuando aparecen es que tienen problemas y ya no saben dónde ir. Pero este camino de reflexión lo lleva inexorablemente (afortunadamente para su conciencia) a la respuesta evangélica. La repite una y mil veces, pero no logra encarnarla. Hay que insistir.

Es media mañana de invierno. Un par de haces de luz se ven turbios por un polvo volátil que los matiza.

—Tengo que ponerme a lavar los vidrios —dice en voz alta, sabiendo que lo postergará.

De repente oye el teléfono. Es María, una vecina que el recuerda, que no es muy afecta a la religión. Demetrio no pierde sus esperanzas e imposta el tono más amable de su reducido repertorio. En un santiamén, María le cuenta que quiere verlo. Con cierta urgencia y en su propia casa. Lo invita a venir esa misma mañana si no tiene nada urgente. Demetrio acepta con gusto y sin mandarse la parte de ser un cura ocupado. Además es bastante cerca, unas 15 cuadras.

Demetrio va vestido diferente a lo que, tradicionalmente, se espera de un cura. A sus 62 años, sin ser moderno, se mantiene bien, con paso elástico y porte elegante, casi ágil, no pasa desapercibido. La casa de María es pulcra, ordenada, pintada de blanco, con postigos verdes y tejas oscuras, invita a entrar. Tal vez sea en contraposición a la casa de al lado que está que se cae a pedazos.

—Hola, padre Demetrio. Pase. Tome asiento, por favor. Le preparo un café.

Dice esto todo seguido, sin interrupciones. A Demetrio no le queda más que obedecer. Se sienta. María va hacia la cocina y vuelve con una bandeja con una taza. Es una mujer agradable, algo menor que él. Demetrio no se acuerda si tiene familia, hijos, marido. Por las dudas pregunta en sentido amplio.

—¿Cómo están los suyos?

—Todos bien, gracias.

Con esa escasa información, él opta por quedar en silencio y escuchar. Ella va directo al punto.

—Mi vecino está loco. No solamente él, también la mujer y el hijo.

Siguiendo su estilo, María no deja tiempo de preguntar y se larga a contarle. El vecino, de nombre Cecilio y su esposa Florinda, así como su hijo cuyo nombre no conoce, se la pasan leyendo. Solamente leyendo. No hacen ninguna otra cosa. Acumulan basura en el patio. No salen. No limpian y todo alrededor de la casa huele feo.

—Por si esto fuera poco, me parece que mataron al padre, a Cecilio. Para mi le pegaron o lo envenenaron.

—¿Cómo lo sabe?

—Porque lo sé.

Demetrio comprende que la mujer algo esconde y cambia la pregunta.

—¿Está segura?

Sí. Porque hace muchas horas que está tirado en la cama del cuarto del fondo.

Se hace un silencio incómodo. Es obvio que el duda de lo que ella afirma con tanta firmeza.

—Sí. Le voy a contar.

En breve y mirando al piso le cuenta que ha estado espiando desde un agujero que hizo en la medianera. Inclusive le muestra unos largavistas que se compró en la Óptica.

—En la cama se ve al hombre y no se mueve. No se ha movido en horas.

—¿Por qué no llamó a la Policía?

—Siempre estoy a tiempo.

—¿Por qué me llamó a mí?

Porque es el único que no anda hablando pavadas por ahí y al que le puedo pedir un favor.

¿Cuál?

Le pide que golpee la puerta de la casa del vecino como quien no quiere la cosa y averigüe que pasa. Con la excusa que el mismo Cecilio lo llamó por teléfono. Le recomienda que diga que el mismo Cecilio le dijo que llamaba desde el bar de la esquina e insiste en que quiere verlo.

—Si lo encuentra muerto llamamos a la policía y si solo duerme o está en un sopor por ataque de locura los dejamos tranquilos.

Demetrio no sabe qué hacer ante el pedido. Pero toda tarea que acerque un alma merece ser emprendida, sin importar la dificultad. Disciplinado decide cumplir. Sin decir nada, toma el té, se levanta y va hacia la puerta.

—Gracias, padrecito.

María se le acerca y le da un beso en la mejilla. Él no se lo espera, pero es una sensación agradable. Casi es un estímulo que lo entona. Con mejor expresión va hacia la casa de al lado.

Golpea la puerta. Abre Florinda.

—¿Un cura?

Le espeta la mujer, de aspecto escuálido y casi harapiento.

—Sí, señora.

—¿A qué viene? ¿Alguien lo llamó? No tenemos tiempo y menos aún dinero.

—Me llamó Cecilio. ¿Él está aquí? Me dio esta dirección.

La señora pierde el ya escaso color de sus mejillas y lo mira con estupor.

—¿Cuándo lo llamó?

Ya Demetrio entra en el juego de esta pequeña mentira y con rápidos reflejos y la seguridad del embuste le responde.

—Hace un rato. Una media hora.

—¿Mamá, quién es?

Se oye una voz cavernosa pero a la vez juvenil.

—Vienen a llevarse a tu padre. ¡Al fin lo logró! ¡Tenía la razón!

Madre e hijo se funden en un abrazo mientras abren la puerta del fondo y se ve la cama donde Cecilio ya lleva un día de muerto. Florinda y su hijo cantan las alabanzas de la vieja *Oda de san Salomón*, himno de los gnósticos.

Razonan que es el mismo Dios que se hace pasar por cura que vino a encontrarse con Cecilio quien a él llegó por la razón en el instante último antes de su muerte.

Demetrio comprende todo al instante. Con pacífica resignación, sin mucho gesticular, suministra la unción.

Una sospecha tenaz pero incomprobable —el WhatsApp del padre Deal—

Demetrio Deal había terminado el oficio de la mañana. Solo, en la tarea mecánica de custodiar los pocos elementos sagrados de la liturgia, dejaba libre su mente. Como toda persona obsesiva y temerosa de los desvíos en su organización, su proyección iba fijando las distintas etapas del día. Imágenes, ideas, sensaciones, combinadas tal cuadro indescriptible. Mezclado pero claro a la vez. A las diez terminar el informe para la vicaría, a las diez y media recibir al plomero y así hasta bien entrada la tarde. Hace varios años había dejado ya de usar sotana que había cambiado por pantalón y camisas oscuros y ya sin los paramentos de la misa, el sonido agudo y corto de su celular, lo devolvió a la inmediatez. Se fijó. Era un WhatsApp de Ernesto. Bastante largo dadas las costumbres sintéticas de su lejano primo. Distante geográficamente y de parentesco, un primo segundo de parte de su madre. Para una mejor lectura se sentó en uno de los bancos, el primero, bien de costado del altar. En la punta. Sonrió al pensar que se había distanciado para evitar la penetrante mirada de san Carlos Borromeo que todo lo controlaba justo detrás del altar mayor, al otro costado que el fresco de santa Teresa.

Ernesto era un joven de menos de 30 años, mucho menor a Demetrio que ya había pasado hace un par de años los 60. Esa parte de la familia, establecidos lejos hace muchos tiempo antes de su nacimiento y el del cura también, nunca se habían logrado encontrar. Pero los curas no viajan por gusto, se justificaba Demetrio. Una vez casi se habían conocido personalmente. Fue cuando Ernesto, unos cinco años atrás, había venido a la ciudad justo cuando Demetrio estaba en Roma en visita periódica. Pero desde ese momento, como queriendo compensar el encuentro fallido, iniciaron una gran comunicación, telefónica al principio, y luego por WhatsApp y Skype. Así se habían conocido más. A pesar de más de 30 años de diferencia mantenían un contacto regular. Aquel que, a pesar de la distancia, permite compartir, comunicar, desarrollar un vínculo. El joven le había contado muchas cosas de su vida, de sus aspiraciones y Demetrio le había contado poco de sí. Se sentía en la obligación de ayudarlo por el camino de la vida, por su doble condición de padre espiritual y de parentesco aunque no fuera formalmente ninguno de los dos. Demetrio quería ser riguroso, ayudar pero no ser ayudado.

Para eso había consagrado su vida al servicio. Estas eran las reflexiones que siempre como un bloque de granito mental aplastaban sus dudas. Eran cuestiones y dudas de un instante.

Pasó ese instante y ya Demetrio con la disposición del hábito se dispuso a leer los cuatro renglones del mensaje. Lo leyó dos o tres veces, dada esa costumbre de leer muy rápido estos mensajes cibernéticos. Pero este era relevante.

A la tercera lectura comprendió plenamente. Dudaba de su memoria, miró el historial y lo ordenó conceptualmente, así confirmó su panorama. Efectivamente, Ernesto triunfaba en los negocios. Hacía tiempo que se lo estaba comentando y Demetrio recordaba. Pero ahora, a sus 26 años se compraba un campo. Por lo que dejaba entender era un campo grande, es decir de alto valor.

La razón, de inmediato, se apoderó de la mente del cura. La costumbre de observar y comprender el pecado, sea por la debilidad de la carne o la perversidad del alma o ambos combinados lo hacía ser desconfiado. Varias veces había considerado y tratado de entender en que consistían los negocios de Ernesto. No porque no pudiera hacer negocios, sino que la prosperidad era muy rápida.

¡Y ahora nada menos un campo! Un capital a edad tan temprana. Había explorado por internet, inclusive en el Facebook de Ernesto y sus amistades, si leía o encontraba algún rastro o testimonio de esos comercios, que el joven, siempre al pasar, le comentaba. No quería forzarlo pero le preguntaba y cada vez más incisivo, trataba de indagar. El lejano primo siempre contestaba con generalidades o lo que a él le parecían evasivas. Demetrio tenía una sospecha tenaz. Pero no la podía comprobar. Más bien, por ahora, era incomprobable.

Sentado en la punta del banco, sumido en la duda y la sospecha, recordó aquella vez, pocos meses atrás, en que había tratado de contactar el párroco de una iglesia cercana a donde vivía Ernesto. La parroquia de San Judas Tadeo. Justo un discípulo de Jesús desde la primera hora pero con una fama en los últimos siglos no muy favorable a resolver problemas, dado que es el santo de las causas difíciles para no decir imposibles. Efectivamente el último presbítero de la iglesia se había jubilado ya muy mayor y el obispo aún no había incardinado o sea nombrado ninguno. Eso le había dicho un sacerdote que había venido a abrir la iglesia una vez y no conocía a Ernesto ni su familia ni probablemente nadie en la zona. Demetrio suspiró al recordar y se le mezcló con la memoria el problema de las iglesias cerradas y la falta de vocaciones.

Se levantó con decisión pero su mente seguía presa de sus dudas. Tal vez debería llamar a Ernesto por teléfono o mejor por Skype y preguntarle directamente de donde había sacado el dinero para el campo. Tal vez estuviera a tiempo para ayudarlo a no meterse en problemas.

—¿Tengo derecho a meterme así en su vida?

Musitó, mientras caminaba hacia la sacristía, un ambiente más aislado para calmar sus dudas. Con el celular apretado en la mano derecha iba razonando la cosa.

—No creo que esté metido en la droga u otras salvajadas.

Hay una especie de gradación de la maldad. Porque el dinero mal habido es fruto de la maldad. Pero no es, necesariamente todo mal habido. Demetrio estaba moldeando desde la teología moral, el compromiso con la vida real. No era un ensayo, no era un sermón, era solo una duda, una sospecha que se clavaba tenaz en su mente. Sin elementos que la pudiera probar.

—Eso es lo peor. No lo puedo probar y tampoco me lo puedo sacar de la cabeza.

—Tal vez sea usurero. Como tantos. Como empiezan todos.

La autoridad de la voz en la palabra, aunque fueran sus propias palabras, lo serenó. Además tenía que ponerse a redactar el informe para la vicaría.

Dio vuelta el celular y frente a la pantalla, contestó a Ernesto un cordial mensaje. No pudo evitar pensar en cuan conveniente podría ser su generosidad futura. Disgustado consigo mismo y sus debilidades, escapó a la mirada de san Carlos Borromeo y se refugió en la sacristía.

Un viento frío en el recuerdo

> El diablo no es ateo; todo lo contrario. Está convencido, aún más que nosotros, de la existencia de Dios, porque lo ha contemplado de cerca, porque lo ha visto actuar.
>
> GIOVANNI PAPINI

Demetrio Deal está mirando hacia adelante, contemplando el vidrio opaco de la ventana. Tiene bastante trabajo pendiente, compromisos que cumplir, pero se apoya al respaldo de madera de la silla, luego se sienta. De reojo pispea el libro cerrado sobre la mesa. Un ejemplar que le trajo desde Roma el padre Boccetti. A veces se reconforta leyendo esos cuentos del padre Brown del gran Chesterton. Pero hoy no es el caso. Ojalá fueran los tiempos de deambular por Inglaterra rural, jubilado y con los afanes propios de lo que imaginara Chesterton. Ni paradojas, ni cruces azules, ni jueves, ni tabernas errantes. Nada lo distrae.

¿Qué pasa por la mente y la memoria de este cura, solo en la sacristía de la parroquia de Santa Teresa? Como si fuera otro, el mismo Demetrio se lo pregunta.

En los últimos años aprendió a conocerse más, con la ayuda de Dios y el sustancial mérito de la razón. Es el momento de avanzar un poco más y dejar aflorar viejos recuerdos que probablemente generarán nuevas dudas. Es una tarde apacible de primavera. Hoy no hay misa de siete. Así que el resto de las tareas puede esperar. Demetrio no se resiste. Deja que aflore lo que lleva dentro. Especialmente algo que se le está apareciendo últimamente, que roza su conciencia. Es hora de serenarse, calmarse, dejar emerger el recuerdo aun a riesgo de tener que atravesar la turbulencia de las dudas. Así vuelve aquel 9 de octubre de 1985. Más de 30 años atrás.

Demetrio, ya ordenado sacerdote hace varios años estaba en una visita pastoral a Asunción, en Paraguay. Precisamente en las afueras de la ciudad, en Luque, en la parroquia de la Virgen del Rosario. Ya llevaba unos meses y era uno más entre los sacerdotes allí. Aquella tarde, un miércoles estaba enfermo el padre Hans y en comisión los padres Bernardo y Edmundo. Demetrio estaba solo. Casi a la puesta del sol se oyó la brusca frenada de un vehículo al frente. Vino un hombre agitado buscando un cura. Estaba muriendo el dueño de una granja cercana. Dijo un nombre que Demetrio nunca olvidó, Helmut. El apellido no lo retuvo o tal vez fuera de esos medio incomprensibles. Lo acompañó. Se encuentra ahora a la cabecera de la cama, con el moribundo, que parecía tener unos 80 años o más. El hombre ni se movió ante su presencia. Todos salieron de la habitación y de inmediato sacó los óleos (y los mínimos paramentos) para administrarle el sacramento de la unción para facilitarle su camino de salvación. Inició la señal sobre la frente, en el silencio espeso de aquella agonía (en realidad ya parecía muerto), y oyó:

—Deje eso y escúcheme.

El cura quedó paralizado al escucharlo, así de repente ya que lo daba por muerto. Pero también lo sorprendió la energía en su voz.

—Pronto voy a morir.

Por la fuerza que expresaba su voz eso no parecía, pero le siguió la corriente.

—¿Usted cree que confesarme me ayudará a morir mejor?

—Seguro, contestó con la convicción del dogma.

—No me da miedo morir. Jamás pensé iba a llegar a viejo.

—Claro —respondió con poca lógica y se dio cuenta de que se le había escapado un comentario fuera de lugar.

—¿Entonces?

—Quería ver un cura. Quiero contarle que vi varias veces al diablo. Sé que ustedes, por parentesco lo deben conocer bien. Pero me voy de este mundo con mil dudas. Se las quiero contar a alguien que sepa qué hacer con ellas.

Demetrio se sentó frente a la cama, aceleró la liturgia de los enfermos y se arrimó para oír la confesión.

El hombre arrancó, con decisión.

—En 1937 era un modesto relojero en Múnich. Allí cerca de la Marienplatz, al lado de Peterkirche. Me alisté en el ejército. Llegué a ser oficial. Uno de los mayores más jóvenes del Reich. Estuve en Rusia, en el cerco de Stalingrado y conocí a Von Paulus y otros perversos. Inclusive logré escapar del trágico cerco.

Se hizo un silencio.

Luego, de un tirón, prosiguió:

—Un día, con otras personas, conocimos a Hitler, nada menos. Antes del desastre final. Los rusos avanzaban a sangre y fuego por el este y el oeste estaba perdido, nos escapamos al sur. Antes nos llevamos un botín en cuadros, un seguro para nosotros. Tuvimos más suerte en nuestro submarino. Nos fue mejor que el 530 y el 977.

Demetrio no podía creer lo que estaba escuchando. El hombre hablaba con firmeza, pero monótono, sin emoción. No parecía mentir.

—Gran parte lo sacamos de los palacios de los jerarcas. El caso de Gohring. Cuando desembarcamos en el sur argentino, estábamos medio locos por la navegación submarina, habíamos escapado a los Tarantinos (así llamaban a los submarinos de la Armada argentina) y a las torpederas navegando sumergidos más de lo soportable.

»Nos peleamos a muerte entre nosotros. Por las obras de arte, claro. Tuve suerte. Hacia 1950 vendí las primeras y me compre una granja aquí.

—¿Conoció al diablo después? ¿Lo volvió a encontrar? —Demetrio no pudo evitar interrumpir y preguntar.

—Justamente de eso le quiero hablar. De lo que encontré después. Le quiero confesar, cuantas veces lo encontré de nuevo. Veo que usted entendió que yo venía con experiencia aunque apenas tenía 42 años.

De repente calló. Un viento frío y extraño movió las cortinas a cuadros en las ventanas. Su cabeza, blanca de canas y arrugas, quedó apoyada sobre la almohada. Su cara tenía una extraña mueca que no supe descifrar. Controlé. No respiraba. Había muerto.

Demetrio quedó inmóvil un buen rato. Intuyó que por su mente había pasado el mal, el propio diablo tal vez. Así, banal, contado por otro, tal vez un falso relato de un fantasioso. Muchas veces más se le apareció la imagen de aquel hombre. Tan clarita como la estaba viendo ahora.

—El otro y sus recuerdos del mal —reflexionó en voz alta Demetrio, volviendo al presente, acomodándose en la silla de madera de la sacristía.

Se incorpora y agrega:

—¿Será eso el diablo? ¿Son los otros? —se le ocurrió citar.

Demetrio en su día

El jueves de Pascua es el día del sacerdote. Instituido por Jesús ese mismo jueves hace unos dos milenios, corresponde a cada sacerdote de la diócesis concelebrar con el obispo. Demetrio, párroco de la iglesia de Santa Teresa ya había vuelto a la tranquilidad de su sacristía. Quedaban unas horas antes de la misa de la tarde. Últimamente Demetrio, ya maduro, pero no viejo, había entrado en una etapa distinta. No la tenía bien identificada, tal vez podría llamarse de reflexión o mejor de planificación. Hace pocos días se había ido Gabriel, su amigo de San Carlos, en el Uruguay, ya extrañaba su grata compañía. La luz de Abril iluminaba todavía los pesebres, que reflejaban con delicado juego de espejos, imaginados por inspirados artesanos, el misterio de la navidad. Pero ahora estaba en el período pascual, más que pesebres debería ir a meditar najo la cruz. Pero no había prendido la luz interna de la nave central y la iglesia estaba bastante oscura, salvo los rayos de sol que filtraban a través de los vitrales, un poco sucios y viejos. Eso lo notó enseguida. Así fue que se puso a limpiarlos con un arnés que había armado para llegar a las alturas sin correr el horrible riesgo de romperlos. Había suciedad del lado de adentro y de afuera, eran suciedades diferentes y utilizaba diferentes menjunjes, fruto de su ingenio para con el mínimo esfuerzo y uso lograr el mejor resultado. El cuerpo se movilizaba pero la mente, en sus inefables recovecos seguía actuando. Era efectivamente solo eso, actuar, porque no llegaba a producir un pensamiento concreto. Sentía un movimiento craneano pero no llegaba a la concreción de la idea o tal vez algo se lo impedía. Mientras tanto, con tenacidad, le seguía dando al lampazo que sacaba del balde y aplicaba vertical.

Un amigo, Jorge, experto textil le había traído un material indefinible para Demetrio. Jorge le dijo la composición que Demetrio olvidó de inmediato. Pero era muy efectiva porque con una centrifugada en la secadora de vez en cuando quedaba listo para apropiarse de esas mezclas densas y pegajosas que oscurecían sus ventanales sagrados. Para cuando terminó la tarea se había hecho bastante tarde y no pudo verificar la efectividad del trabajo. Pero no había que apresurarse. Mañana, día de ayuno y penitencia, tendría tiempo para revisarlo.

Celebró la misa de la tarde y se quedó un rato sentado esperando a Ernesto, un primo lejano, que le avisó por WhatsApp que iba a venir. Era el único miembro de la familia que le quedaba porque su hermano Pedro estaba en Costa Rica, su hija Rosalinda profesora de gimnasia también se había ido allá. Hablaban de vez en cuando, seguramente el próximo domingo se irían a comunicar.

Ernesto iba a coincidir con Delfina, la hija de su hermano fallecido años atrás. Demetrio tenía muchos dudas sobre los medios con los que Ernesto había juntado plata y comprado un buen campo en los últimos años, pero no tenía pruebas y tampoco las había buscado en profundidad, más que alguna mirada superficial por internet. Delfina se estaba por recibir como psicóloga, era una joven muy perspicaz.

No era un día de fiesta, Demetrio no quería que el pequeño grupo que rezaba el rosario o algunos que entraran a la iglesia que quedaba abierta hasta bien tarde, sospecharan el relajamiento o frivolidad del párroco.

Ernesto llegó primero. Se dieron un gran abrazo y estaban sentados en un rinconcito de la sacristía cuando el primo sacó un cheque.

—Acá te dejo una donación para tu parroquia.

—Ya te lo traje hecho, así no discutimos. Es lo mínimo que puedo hacer.

Demetrio no sabía qué hacer. Pero primero agarró el documento de pago y se fijó en la cifra. Sería el día del sacerdote, en jueves santo pero él era, ante todo, humano.

—Es mucha plata, Ernesto.

—A vos te sirve más que a mí.

El cura seguía perplejo. Los negocios de su sobrino no parecían muy trasparentes. Pero tampoco tenía pruebas, solo era la sospecha. O tal vez un prejuicio. Era prácticamente un valor que le cubría los gastos de un año y permitirían arreglar dos humedades que ya amenazan con hacer caer un aparte del cielorraso y tal vez restaurar la capilla de San Carlos, o hasta parte de la estatua tan noble y tan venida abajo.

Tenía razón Ernesto, seguramente servían y mucho. Pero algo en su conciencia todavía se resistía débilmente.

—Me parece que no puedo aceptar —dijo Demetrio con poca convicción.

Ernesto era joven pero formado en la dura escuela de la negociación financiera, donde el dinero cambia de manos por el ingenio, la falta de escrúpulos y la audacia sin importar los estudios o las profundas reflexiones existenciales.

Finalmente con un suspiro, declaró:

—No sé qué hacer, Ernesto.

—¿Por qué?

—Es todo dinero legal y declarado.

—Es un cheque mío personal, con identificación fiscal y todo en regla.

—Si te deja tranquilo lo voy a declarar formalmente en mi presentación de Ganancias, cuando sea el momento.

—Dejame hacerte una pregunta, Ernesto.

—Una sola.

—¿Por qué?

—Qué te lleva a darme este dinero. Hasta podía tener más sentido en Navidad.

—No me vengas con enredos. Agarrá la plata que la necesitás.

Demetrio bajó la cabeza ante la contundencia del argumento.

De inmediato su mente se puso en modo positivo y trabajó para convencerlo. La historia de la Iglesia estaba llena de donaciones. La decadencia de las últimas décadas había sido por falta de ese flujo continuo de legados, herencias y aportes que, a su vez, creaban alrededor de las instituciones eclesiásticas grupos de interesados, poderosos u oportunistas, que le daban vida y dinámica. Trató de quitar ese horrible y materialista argumento de su atormentaba cabeza y guardó el cheque para depositarlo en cuanto lo endosara. Tal vez iría el lunes.

—También te doy esta declaración mía por si el del banco te pregunta u objeta algo sobre el origen de los fondos.

No se inquietó por esto último, al contrario, agradeció porque era efectivamente muy posible que lo consideraran una operación sospechosa por más que lo conocieran hasta los adoquines del barrio.

Ernesto le contó sus últimas inversiones y algunos negocios que pensaba encarar que a Demetrio no le hacían ni fu ni fa. Pero lo escuchó. Cuando ya se estaba despidiendo apareció Delfina. Los parientes se saludaron con afecto. Ernesto se quedó un rato más y se fue.

—Tío, te veo extraño.

—Es que hoy es el día del sacerdote y jueves santo y debe ser demasiada carga para mí.

—¿Por qué?

—No siempre hay por qué, razones y explicaciones para todo —ella respondió con convicción.

—Siempre la hay. Generalmente no tenemos tiempo ni dinero para analizarlo bien, pero hay razones, químicas, físicas, genéticas y psicológicas.

—Eso es lo mismo que decir todo y nada —respondió el cura.

Demetrio preparó un té para los dos, y se dio cuenta que ni le había ofrecido a Ernesto, pero ya se había ido. Y eso que le había traído un aporte muy importante.

—Delfina, te voy a contar para que lo consideres cuando llegues a mi edad.

—El tiempo pasa y cada vez tengo más dudas y preguntas.

—Las preguntas sin respuesta son las dudas —apuntó sin petulancia la sobrina.

—Muchas veces para evitar esa incertidumbre no nos hacemos las preguntas y nos parece que así transcurrimos mejor.

—Puede ser —dijo con gesto vago el tío cura, mientras su mente oscilaba vagando entre la planificación sobre cómo usar el dinero y por el contrario llamar a Ernesto y devolverle cheque y papeles. En una oportuna ventana de su mente comprendió que Ernesto vino para saludarlo pero especialmente para darle el donativo y traía ya los papeles de sustento. Todo planificado. Sabía que él iba a aceptar. Era obvio que imaginaba sus sospechas y por eso le había traído el sobre con el respaldo.

—¿En qué pensás, tío? —lo interrumpió Delfina.

—Disculpame, me distraigo.

Se dio cuenta de que había decidido no decirle nada. No sabía porque pero creyó mejor no comentarle. Tal vez vergüenza por su necesidad o por sus dudas o ambas.

—La vida no es lineal —comentó Demetrio como si descubriera algo nuevo.

—Los profesores insisten mucho sobre eso.

Hubiera querido preguntarle sobre la religiosidad en la facultad de psicología donde estaba terminando Delfina. Tal vez sobre su propia práctica. Pero se retuvo a tiempo. De modo muy agradable y elegante la sobrina sirvió las dos tazas como si estuviera en una ceremonia solemne. Demetrio hubiera querido tanto cuidado para alguna práctica litúrgica, pero se dio cuenta que el comentario era estúpido.

—Para mí, a vos, tío, te pasa algo y no me lo querés decir.

—Pero hoy es tu día y un momento de reflexión para la cristiandad.

El tío la miró con agradecimiento y vivió uno de esos raros instantes de plenitud.

—Gracias, Delfina, y también lo voy a llamar a Ernesto.

Se le ocurrió, por una vez, ser dispendioso y poner el *Ave María* de Schubert por Andrea Bocelli aunque no tenía nada que ver con la fecha.

La música sonaba en la buena acústica de la nave de la iglesia y llegaba clara a la sacristía.

Delfina, con gran rapidez mental, le dijo:

—No será para la fecha pero es para la ocasión.

La elección

Una parroquia de ciudad como la de Santa Teresa depende mucho del aporte de los fieles de su zona. En general se trata de favorecer misiones y zonas rurales con los escasos presupuestos y los aportes desde la central romana, dejando quienes están en las ciudades a que se ayuden con la mayor densidad de habitantes. En eso estaba el párroco, Demetrio Deal. Desde siempre, antes que llegara él, en realidad, había un grupo de apoyo que se llamaba con el nombre pomposo de Servidores de Santa Teresa. Hacía unos meses que había muerto la famosa dama de caridad, propietaria de un campo muy grande de cuya renta vivía más de uno, incluyendo las susodichas servidoras. Pero ya en el velorio Demetrio comprendió que la solidaridad religiosa se había estancado con la gran dama y las sucesivas generaciones y parientes varios no tenían en gran estima parroquias o quehaceres religiosos. Efectivamente ese mismo mes se cortó el chorro y las damas y caballeros de la asociación benemérita se encontraron sin fondos. A las pocas semanas la escasez de dinero influyó materialmente en muchos ánimos y las reuniones e fueron haciendo no solo menos numerosas sino sobre todo de una gran aridez en cuanto a fondos se refiere. O sea la asociación necesitaba una renovación.

Demetrio lo conversó con el vicario en su recorrida por la diócesis para que, en concurrencia con el obispo buscaran recuperar en algo el apoyo de la comunidad. Las limosnas durante las misas eran muy limitadas y las urnas de donativos, fijas en diversos lugares convenientemente iluminados de la iglesia sonaban tan vacías como antes. O sea faltaba ese complemento tan importante. Desde el comando del obispado no cayó ninguna idea concreta y útil en lo inmediato. No había que ser un genio para darse cuenta de que Demetrio necesitaba ideas, acción y creatividad. En cualquier orden.

Obviamente no había cursos de marketing religioso disponibles, por lo menos que conociera y accediera el párroco. Así que algún dinero estaba poniendo él mismo, de su escaso patrimonio familiar, pero el asunto no iba a durar.

Comentaba eso con su sobrino Ernesto, el financista. Justo ene se momento estaba en el exterior enfrascado en un juicio por unos bonos y no volvería sino en unos tres meses. Demetrio no insistió, cuanto menos supiera mejor.

Demetrio lo razonó en algunas noches de insomnio y al fin maduró la idea. Había hablado varias veces del asunto con su amigo Gabriel. Lo llamó por teléfono y se mantuvieron en correspondencia electrónica durante esos días. Frecuente y densa de contenidos, hipótesis y citas.

El párroco argentino tenía una idea romana antigua de la democracia. El uruguayo Gabriel era en ese sentido más materialista y acorde a los tiempos.

—Tenés que convocar a los que vengan.

—¿Y si vienen atorrantes y provocadores?

—Tenés que bancártelos.

—Peor es que no venga nadie, como te pasa ahora. No me refiero a las misas sino a la ayuda que necesitas.

—Entiendo perfecto lo que decías. Pero llamar a una convocatoria amplia, abierta y no digitada puede llevarme a tener que convivir con personas que me traigan más problemas que soluciones.

—El gobierno para los mejores, si llegan los peores…

—Ese es el riesgo.

Esa fue en síntesis la propuesta que llevó a Demetrio a convocar a todos los que quisieran previamente anotarse para liderar por dos años los Servidores de Santa Teresa.

Sabía que para los pocos que quedaban en la asociación podía ser un síntoma de desconfianza y peor aún d recelo. Pero el asunto estaba complicado y sin fondos ni ideas el futuro se mostraba sombrío.

Sus rezos fueron intensos para darse ánimo. En las homilías sacó el tema, pero como nadie usaba contestar el asunto no era muy interactivo. Pero por las conversaciones se daba cuenta que el ambiente estaba tenso.

Los que se anotaban tenían que pedir por él y registrarse para las elecciones que iban a ser en dos semanas.

Se anotaron muchos de los que participaban antes en las servidoras, inclusive algunos que hace tiempo no venían aunque los veía en los oficios.

Faltando pocos días entraron a caer caras nuevas. El primero que apareció se llamaba Rodolfo. Resulta que vivía desde hace un tiempo, en una casa tomada varios años atrás. Demetrio conocía perfectamente el barrio incluyendo los edificios y casas que habían sido ocupadas en una especie de ola que había aparecido a fines de los años 90 e inicios del tercer milenio. No estaba seguro conocer a todos y se estaba dando cuenta que hacía ya unos meses que no había visitado esos domicilios. En realidad tampoco podía ir porque si, algunas veces los ocupantes desconfiaban, otras eran agresivos o por lo menos aparecían algunos con aspecto violento. Él nunca había tenido problemas, en el pasado. También era cierto que muy pocos venían a la parroquia. Pero había sido suficiente para avisar de la elección y allí estaba Rodolfo.

—Usted es bienvenido. ¿Pero sabe que es para ayudar a hacer cosas?

—Justamente, don, nosotros sabemos hacer cosas, albañilería, electricidad, instalaciones, que es lo que falta acá, que se viene abajo.

Demetrio pudorosamente averiguó que efectivamente era bautizado y creyente. Decía tener una familia con hijos que había bautizado en un lugar lejano, pero católico.

—Vamos a confirmar a sus hijos.

—A mí también —agregó Rodolfo.

A Demetrio le gustó, le pareció que era efectivamente la parte práctica que necesitaban en la parroquia. Habría que planificar eventos y sobre todo el semi abandonado catecismo. Pero eso habría otras formas de arreglarlo. En ese momento nos e puso a pensar en cuales. La Providencia se ocuparía. Así meditaba cuando no tenía tiempo para pensar o peor aún no tenía ni idea de cómo resolverlo.

La Asociación de Servidores de Santa Teresa tenía cuantos voluntarios se quisieran registrar pero solo un presidente o director. Era la primera vez que iba a haber elecciones con diversos candidatos. Estaba Rodolfo que se había anotado y un grupo de los suyos, entre los cuales efectivamente Demetrio reconoció a algunos que ya había visto.

Pero también estaban otros inscriptos entre los cuales doña Carmen que seguramente iba a ser propuesta como nueva presidenta en lugar de la tristemente fallecida. Ella se sentía ya elegida y había tenido dos reuniones con el párroco como para ya pensar en las actividades. La colecta de Cáritas, la peregrinación y las jornadas. Esta era la gran novedad, las jornadas para la reflexión sobre la familia. Demetrio no tenía la menor idea como pensaba organizarlas y tuvo la impresión de que Carmen tampoco. Pero era la novedad que aportaba.

—¿Y el catecismo, doña Carmen?

—Es que es difícil encontrar maestros o catecistas que lo conozcan. Cada vez hay menos.

—Pero entonces hagamos cursos de formación.

Se hacía un silencio. La verdad era que faltaban personas con vocación para aprenderse el catecismo oficial, enseñarlo y dirigir los oyentes hacia reuniones constructivas. Habían tenido que suspender las últimas porque se armaban discusiones con los niños y jóvenes que iban y para colmo con los padres que acudian muchas veces enojados porque generaban polémica en las familias.

Era un asunto delicado. Pero peor era no tener cursos masivos de catecismo. Si no se difundía la práctica y, en general, tampoco en los colegios, salvo los religiosos, ¿dónde iban a prender de qué se trataba la religión católica?

Demetrio se acordó de no olvidarse de ese tema antes de ponerse nuevamente en manos de la Providencia.

El párroco observó que en las últimas misas estaba viniendo más gente. Hasta en las semanales donde solo venía el grupo de mujeres, cada vez más reducido, que rezaba el rosario. Sin olvidar que alguno que venía a admirar los pesebres, a veces, se quedaba aparte de la misa o a descansar por la caminata. Como si fuera un recorrido turístico solamente.

Llegó el día de la elección.

Demetrio los reunió en la sacristía que así desbordaba gente. Hubiera estado contento el sacristán si no se hubiera muerto hace pocos meses.

La primera parte fue fácil porque Demetrio registró en un viejo libro que debía haber sido de contabilidad antes que informatizaran, a todos los interesados. Nombre, domicilio y número de documento.

Llegó la cuestión de la votación por la presidencia. Doña Carmen y su grupo estaban sentados sobre la izquierda y Rodolfo y los suyos sobre la derecha. Claro dependiendo desde donde se mirara, pensó irónicamente Demetrio.

El párroco le entregó a cada uno un papelito donde debían escribir el nombre del candidato. Tenía unos cuantos lápices así que todos podían hacerlo en un tiempo breve. Una de las personas del grupo de rosario, amablemente estaba ayudando a Demetrio en este trámite y pasaba con el pequeño cesto de las limosnas que tenía un pañuelo encima para tapar los papelitos que se abrieran o dieran vuelta con el movimiento.

Al fin ya no quedaba nadie para votar. A ojo el cura contó que cada lado debía tener entre 15 o 20 personas. Era un buen número. ¿Significaría que los derrotados no aportarían nada y se retirarían?

¿Podrían convivir los de las casa tomadas con los de inquilinos de propiedad horizontal más o menos pudientes? De inmediato se sonrojó por el pensamiento tan poco noble y cristiano. ¿Puede un sacerdote tener esas dudas? ¿Hay una razón práctica por un lado y el catecismo y el correspondiente magisterio por la otra?

Pero no tuvo tiempo para más debate interno porque se puso a contar lo que le traía la generosa amiga del rosario. Puso de un lado los votos por doña Carmen y por otro los de Rodolfo. Se dio cuenta de que tenía que decidirse o eran los «don» o ninguno. Precisamente él se dejaba enredar por las palabras. ¿O de verdad lo pensaba?

También esta vez tuvo que olvidarse de sus disquisiciones lingüísticas porque la primera cuenta le había dado un imposible.

La segunda cuenta le dio un improbable.

La tercera ya no le podía errar. La gente lo miraba mientras sentado en su pupitre al lado de la ventana contaba los sufragios.

—¡Están 18 a 18! —exclamó incontinente. Antes de pensar cómo salir del entuerto.

Rodolfo de inmediato, tal vez sin pensarlo dijo:

—Votemos nuevamente mañana.

Demetrio sentía que le dolía la cabeza. No le gustaba la propuesta de pasar la votación para otro día. Se imaginaba que la cosa se podía desmadrar con gente traída solo para votar. El simplemente anotaba los números de documento no controlaba, podía ser para mal. Demetrio reconocía la posibilidad del mal por anticipado.

Estaba por decir algo para ganar tiempo cuando se le ocurrió una mejor idea.

—Hermanos. Esta asociación es para ayudar. El estatuto que ustedes conocen porque está en la sacristía permite presidente y vicepresidente y nada dice sobre los que les voy a proponer.

Todos se miraron con sorpresa.

—Mi propuesta es que la presidencia y vicepresidencia sea un año para cada una de las dos personas que empataron la elección, rotativa.

»De todas maneras creo que nos vamos a organizar para que cada uno de los dos tenga funciones específicas y organice los grupos de trabajo con quien quiera colaborar y lo trabajemos en conjunto.

»En conjunto con la parroquia que somos todos nosotros.

Por una vez le había salido un discurso bien suelto y fluido sin balbuceos y acorde a las necesidades de la hora.

Nadie lo contradijo, solo habló doña Carmen que era, evidentemente, de reacciones rápidas y prefería ir viendo al otro y quedarse con el segundo tiempo.

—Cedo a don Rodolfo la primera presidencia.

—Acepto —dijo sin mucha convicción Rodolfo que se dio cuenta que lo habían madrugado.

Demetrio invitó a todos al altar mayor para agradecer a santa Teresa y a Dios el éxito de la jornada.

El día después

Pasado el entusiasmo por haber resuelto el dilema de la elección empatada ahora Demetrio tenía que organizar el trabajo. Pero aún, conseguir resultados.

Como se suele decir sobre el día después, Demetrio dejó pasar varias veces el día, pensando sobre el tema, hasta que los acontecimientos lo obligaron a actuar. Pero esta vez la sorpresa y la obligación fueron favorables. El sobrino Ernesto, el financista, se apareció con una donación que no resolvía todos los problemas operativos pero calmaba los nervios para todo el año.

Por el momento no iba a comentar nada a la asociación de su comunidad, para no relajar las fuerzas. Igual se darían cuenta al ver que se iniciaban trabajos, no había que apurarse. También es cierto que el obispado se iba a enterar, al ver a fin de mes el saldo de la cuenta corriente donde había depositado el cheque, pero no había por qué pensar que el vicario iba a informarlo. En todo caso ya pensaría más adelante como informarlo.

Convocó a una reunión para la tarde de ese mismo viernes. A todos los interesados y luego se quedaría con las dos autoridades máximas para trazar el plan de trabajo. Por lo pronto en una planilla ya había enumerados los títulos de los objetivos a cumplir. Faltaba la parte más importante que era como hacerlos pero eso era justamente el trabajo de la comunidad, los Servidores de Santa Teresa, como se llamaban.

No vinieron los treinta y tantos del día de la elección, pero había bastante gente. Era una buena señal.

Carmen y Rodolfo estaban separados en la salita de la sacristía pero cuando Demetrio trajo una mesa vieja pero mucho más grande que su pupitre, ambos se sentaron a los lados. Otros más ocuparon todo el perímetro de la mesa menos un lado donde quedó el párroco. El resto se fue sentando en sillas dispersas y desparejas que había sacado Demetrio antes que llegaran. Otros, los menos, quedaron de pie.

Demetrio comprendió que de esa primera reunión dependía mucho de lo que pudieran o no pudieran trabajar después.

—Ya todos no saludamos.

—Acá preparé en esta hoja, unas cuantas copias para ustedes, para que repasemos que habría que hacer.

Eso fue muy bien recibido. A la gente le gusta la organización, reflexionó Demetrio.

—Empecemos por lo primero, el catecismo. Tenemos que retomar las clases de formación para jóvenes, matrimonios y quien quiera aprender sobre la vida cristiana.

Lo concreto es que eso requería tres etapas, conseguir docentes que quisieran aprender, armar los cursos y tercera controlar la gestión de las clases y ver que fueran provechosas.

—Existen cursos en el Consudec que queda en el centro, no lejos de aquí e inclusive podemos armar grupos de trabajo aquí conmigo para tener en unos meses catecistas iniciados.

Al mismo tiempo tenemos que iniciar obras de reparación en el salón del fondo que está muy venido abajo, prácticamente clausurado, después habilitarlo y dictar los cursos allí.

En realidad todavía había algunas catecistas en el grupo de rezo del rosario y otras dos que inclusive estaban presentes. Pero no tomaron iniciativa. Demetrio pensó que no era malo ver qué camino tomaba el grupo ante el plan, sin imponer.

No hubo mucho intercambio pero el poco que hubo fue muy provechoso. Primero fueron todos a ver el salón del fondo, que estaba no solo clausurado sino casi derruido, con grandes partes de las paredes prácticamente a ladrillo vivo y severas manchas de humedad por todos lados. El piso, alguna vez de madera era una especie de laberinto de agujeros y polvo y en algunos lados directamente agua estancada.

Este era solo el primer tema, pero Demetrio vio que se habían concentrado en este sin esperar los otros. Los dejó hacer.

El resultado es que aparecieron varios jóvenes interesados en hacer los cursos, Demetrio vio mucho interés en varios, Rodolfo tomó a su cargo directamente todo el trabajo del salón, obviamente Demetrio debía comprar los materiales y ellos trabajarían.

Le pareció un resultado sorprendente por ser la primera reunión y estaba contento. Armaron con todos los números de celulares un grupo de WhatsApp y luego uno reducido entre los tres, Carmen, Rodolfo y Demetrio.

Nada menos que tres horas duró la reunión. Demetrio no lo podía creer, el tiempo había pasado volando. Se quedó muy conforme y saludó, como siempre, a todos uno por uno.

La noche era profunda pero en la iglesia vacía brillaban las imágenes sacras. Por lo menos así las veía el párroco. Se sentó en uno de los últimos bancos antes de celebrar una misa en gratitud.

Desde el fondo se veía en profundidad el altar con el Santísimo y el hombre se preguntaba cómo lo verían los que atendían la misa o las mujeres del rezo del rosario de todos los días.

Cayó su mirada sobre san Carlos, la estatua de madera que lo recordaba, que necesitaba urgentemente un restauro. Le habían contado que también estaban los cuatro bustos de plata que habitualmente acompañan al santo y su escudo de humildad. Era una capilla de costado pero seguramente iluminaría el brillo de los cuatro buenas partes de la iglesia atrayendo la mirada de los fieles. Sacó de su mente ese recuerdo porque estaba al fin asociado al vandalismo y al robo de tantos años antes. Los cuatro bustos plateados ya no estaban más.

Mucho escándalo y revuelo pero lo robado nunca apareció. No debían ser de plata sino bañadas en plata y aun así era posible que las hubieran fundido. Seguro alguien las tendría en alguna residencia lujosa en vulgar exhibición de arte. Ese pensamiento lo indignaba, así que casi de un salto se incorporó y fue hacia la sacristía para tomar los paramentos para el oficio.

Ya el sacristán no estaba en este mundo y además era bastante tarde. Así que rápidamente se cambió y con la debida atención preparó todo para la misa. Una acción de agradecimiento.

Por una vez, gastó energías y prendió todas las luces.

Se dirigió al altar sin mirar hacia los bancos aunque la claridad era notable.

Entonces vio. Se sorprendió un poco pero no perdió la calma.

Las primeras filas estaban ocupadas como nunca.

Antes de comenzar, dijo:

—Agradezco esta magnífica sorpresa de verlos a todos aquí para una misa. ¿Cómo sabían que iba a dar la misa? No avisé. Saludé a todos.

Uno dijo:

—Nosotros tampoco sabíamos.

Demetrio hizo la señal de la cruz con además generoso, mientras su cabeza inspirada guardaba en un rincón una interesante reflexión que merecía ser analizada en detalle: ¿le querían tomar el tiempo?, ¿los iría a defraudar?, ¿se había instaurado un delicado equilibrio con él y entre ellos?

Bajó la cabeza e inició la liturgia.

El festejo

Esa tarde de invierno, el párroco estaba revisando su correspondencia. A los mails que venían desde el obispado le daba prioridad roja pero no los leía de entrada, salvo el título. Además de reportes varios, enviaban también trabajos y ensayos que requerían tiempo y concentración y en ciertas ocasiones también informaban sobre iniciativas que estaban en preparación. Cada obispo es autónomo en su territorio y acepta la autoridad indiscutible del «primero entre los pares» o sea el obispo de Roma, el papa. Pero en la realidad hay muchas veces por encima los arzobispos que son obispos especialmente nombrados para territorios eclesiásticos de mucha población como era su caso. A su vez todos los obispos se reunían en las llamadas «conferencias episcopales» que no por nada nombraban autoridades entre ellos y por lo tanto se transformaban también en superiores de los obispos de cada país. Luego estaba el representante diplomático del papa que se suponía que no se metía en los asuntos nacionales pero por algo lo nombraban así que allí estaba él también. Esto era para el clero secular al que él pertenecía que estaban a cargo de las parroquias y luego estaban las órdenes cada una con su jefe local, mundial y a su vez dependencias funcionales de aquella superestructura. Como estaba el compromiso y voto de obediencia y la práctica iba alisando los problemas de toda organización y ahora también la necesidad, la estructura se mantenía. No había graves objeciones. Demetrio estaba conforme desde ese punto de vista. A él no se le ocurría nada concreto para mejorarla, salvo que necesitaba más recursos o más apoyo.

Cuando se puso a leer los mails de prioridad, encontró uno que intentaba mejorar la situación. Estaban pensando organizar en cada una de las parroquias de la diócesis y, por lo que parecía, en todo el país y tal vez el mundo unas jornadas de reflexión sobre la familia. Demetrio, el párroco de la iglesia de Santa Teresa era convocado para uno de los próximos días para recibir los lineamientos de que se proponía hacer. Era muy probable que esto fuera consecuencia de un reciente reunión en Roma de todos los obispos sobre ese tema, que Demetrio había leído un poco por arriba. Se acordó de revisar bien todo lo disponible para saber antes de la reunión. Luego revisó todo lo que quedaba, que no era mucho y apagó la computadora. Se quedó pensando. La volvió a prender y se quedó leyendo.

No quedaba casi luz externa cuando prendió la lamparita que iluminaba desde el medio de la sacristía y le permitía leer algo mejor la pantalla, que si bien tiene luz propia, no le resultaba suficiente.

Esa noche celebró una última misa con un poco de retraso, ya había terminado el grupo de rezo del rosario y algunos más esperaban que apareciera. Se apuró con los paramentos y cuando estaba casi listo vio entrar a Rodolfo.

—¿Qué hacés acá?

—¿Puedo ayudar?

—Gracias.

Entonces le dio algo para llevar y le dijo:

—Vos quedate tranquilo al lado mío, al costado, yo te voy a indicar. Ante cada paso yo mismo te voy a preguntar y si no sabes me lo decía con total tranquilidad, sin temores porque esta es una ceremonia grupal, en asamblea.

Demetrio se sintió muy reconfortado por la presencia de Rodolfo y le pareció oportuno decir las expresiones en latín en voz tan baja que nadie, no solo Rodolfo, las pudiera escuchar. A su vez también le gustó que Rodolfo anticipara los movimientos como quien ya conoce lo que va a suceder, evidentemente no estaba nervioso y demostraba hábito con la liturgia.

Salió antes que los presentes, como siempre, al final de la misa y los saludó uno por uno y se quedó con Rodolfo.

Fueron de vuelta donde se habían encontrado. En el pequeño pupitre poco iluminado de la sacristía.

—¿Querés un té?

Rodolfo había traído un bolso que recién ahora veía Demetrio.

—Hagamos una excepción, don Demetrio.

Sacó una botella de fernet.

Demetrio agradeció y fue a buscar dos vasos grandes.

—Vamos a brindar —dijo Rodolfo.

—¿A qué se debe tanta amabilidad?

—Voy a ayudarlo cada vez más, don Demetrio.

El cura no creía en una imprevista vocación religiosa pero nunca se sabía en la condición humana.

—Primero brindo porque creo que vamos a comprar la casa que ahora ocupamos, vamos a ser todos dueños.

—¿Cómo es eso? ¿Cómo van a ser dueños de un edificio tomado?

—Nos registramos todos, uno por uno y después en grupos familiares.

—No tenemos antecedentes graves y el banco de la ciudad nos otorga un préstamo y el dueño original aceptó el pago. El banco nos permite usar el escribano por un honorario mínimo y... ¡ya está!

El cura sería sacerdote pero no estúpido y le preguntó.

—¿Quién les armó todo eso?

Antes que Rodolfo contestara dijo:

—Seguro que ha sido algo de la política.

—Menos averigua Dios y perdona. Pero tenés razón, don Demetrio, fue algo de la política.

Demetrio le quería preguntar un montón de cosas, quién era el dueño original, si a esa gente de la política ellos luego la iban a votar, si habían pagado una parte del préstamos a esa gente de la política, como iban a devolver el préstamo si casi ninguno tenía trabajo.

—Sé lo que está pensando y no se anima a preguntarme.

—Si lo sabes entonces déjalo ahí. Yo no tengo por qué meterme. Otro día me lo contarás.

—Ahora festejemos.

Pero el cura tenía algo que si quería saber, al fin y al cabo era humano.

—¿El dueño original era el de ese apellido conocido?

—Ya sé lo que piensa. Pero no tenía nada que ver con la dama generosa y benefactora muerta hace un tiempo.

—¿Lo pensaste?

—Me contaron lo de la visita y el comportamiento guarango del hijo de la señora.

—Un tilingo —dijo Demetrio y luego agregó algo más fuerte.

—Un imbécil.

Rodolfo era más joven que Demetrio y sonrió ante la palabra tilingo que probablemente nunca hubiera escuchado.

—Decime por qué se te ocurrió venir a ayudarme antes y ahora directamente en la misa.

—¿Querés ser diácono? —preguntó totalmente fuera de lugar Demetrio impulsado por una incontenible esperanza. Nadie quería ser ni diácono. No solo no había vocaciones sacerdotales sino ni aún laicos comprometidos.

—No sé qué es diácono —respondió tranquilamente Rodolfo.

—Vine porque creo que me trae suerte y porque me ayudó.

—¿Cuándo te ayudé?

—Me abrió las puertas cuando me presenté a la elección. Nunca había sido presidente de nada. Para mí es un orgullo. Esto me está permitiendo ver que hay que tener principios y moral como decís siempre.

—¡Yo nunca hablo de moral!

—No es verdad. Siempre hablas de eso. En el sermón de hoy.

Justamente Demetrio reconoció que tenía razón Rodolfo. Tal vez no hubiera sido un ensayo sobre la moral pero varias veces habló de la importancia de los mandamientos y de allí los principios.

La mente simple de Rodolfo fue directamente al grano, al nudo, a la base, los mandamientos. Mandan el comportamiento.

Rodolfo se entusiasmó.

—Otras veces dijo que llevan muchos miles de años existiendo para grandes comunidades y para varias religiones como la nuestra.

—Como tres mil, Rodolfo.

—Si llevan tanto tiempo no pueden ser malos.

—Además los leí y volví a leer y me parecen de los más lógicos.

—Es porque la lógica que es el arte de razonar se construyó sobre ellos —apuntó doctamente y sin mayor sentido Demetrio. Se dio cuenta cuando ya lo había dicho.

—No entiendo bien lo que se dice pero me parecen bien. Porque me trae suerte, me parece bien lo que dicen esos mandamientos y lo veo honesto es que lo ayudo. Así de simple.

—Te felicito, Rodolfo.

Se tomaron con gusto el vaso de fernet.

—La próxima traigo gaseosa y vas a ver que es más llevadero.

—Gracias, fue una buena idea.

El cura le contó que se iban a organizar unas jornadas sobre la familia. Pensó que el tema iba a ser responsabilidad más bien de Carmen pero era bueno participaran en buena cantidad. Ya vería en el obispado como eran las premisas pero podía ser una oportunidad para acercar algunos jóvenes también no solo a la parroquia sino especialmente al tema de la unidad familiar y la importancia del armado familiar como institución social y moral.

—Puede ser un buen día para inaugurar oficialmente el salón.

—¿Crees que va a estar terminado?

—Nos falta terminar la instalación eléctrica y una mano de pintura. También las sillas porque arreglamos las que están pero no van a alcanzar.

—¡Hay como 30!

—Don Demetrio, va a venir mucha gente. Además tenemos que armar una tarima y una mesada principal.

—¿Cómo sabés tanto de eso?

—Porque lo veo cuando se organizan los encuentros políticos y a veces los sindicales.

—Tenés razón.

—Lo voy a poner en el WhatsApp y cuando vaya al obispado lo voy a plantear a ver si viene el obispo para la inauguración.

Demetrio se quedó encantado por la idea y le pareció que la lamparita aba más luz en esa noche.

—Me parece que el fernet nos vino bien. Te da una buena sensación.

—Para eso está, don, para agilizar el pensamiento.

La semana iba a ser movida, pensó Demetrio, con alegría.

Rodolfo se volvió y también Demetrio dio por terminada la jornada, por una vez con provecho y con cauto optimismo.

El aniversario

Había pasado el verano, el primer fresco del otoño parecía ya obligar a todos a ponerse al día o, por lo menos, planificar concretamente lo que debía hacerse en el resto del año. La época de verano aunque no significaba vacaciones para Demetrio, párroco de la iglesia de Santa Teresa, dejaba que las cosas y los compromisos fluyeran con laxitud. El cura, sentado en el pequeño pupitres en la sacristía, terminó de ajustar la mesa, que se movía para un costado u otra según Demetrio apoyara la mano para escribir. No era más que poner el papel doblado en cuatro debajo de una de las patas. Siempre lo tenía en un cajón inferior que hacía de recipiente cuando el pupitre se fabricó para usar en un colegio. El sacerdote no recordaba cómo había llegado el mueble. Pero ahora era tiempo de ponerse en acción. Tenía una vieja carpeta que decía «economato», pero las ecónomas ya no estaban. Con la muerte de la gran filántropa de a poquito muchos ayudantes se habían ido yendo, de a poco, sin avisar. Pero ya no estaban. En su lugar había logrado rearmar la sociedad de Servidores de Santa Teresa. La elección había sido muy reñida así que, tras el empate, había persuadido a los dos bandos, el de Carmen y el de Rodolfo que se turnaran un año cada uno en la presidencia. Así había sido, estaba cerca del final el primer año de Rodolfo. Por un caso fortuito o providencial (siempre Demetrio obligaba su memoria a esta anotación sobre la posible intervención de la Providencia por encima de la azarosa y pagana fortuna). Carmen y sus seguidores estaban haciendo bastante bien su trabajo, al que estaban acostumbradas en vida de la benefactora, pero sin los recursos que tenía y aportaba ella. Pero este año casi no se daban cuenta porque de nuevo la fortuna (o la susodicha Providencia) encarnada en su sobrino Ernesto le habían hecho una donación más que interesante que habían acomodado los números casi para todo el año, en este caso hasta entrado el invierno. Entre el aporte del Estado, algo que llegaba desde el obispado y su propio sueldo complementaba la primera necesidad. La relación con Rodolfo había sido una bendición para la parroquia. Al principio tuvo sus contradicciones pero luego se fueron adaptando o aprehendiendo uno de otro y la cosa mejoró mucho para la vida de la parroquia y sobre todo de sus propietarios morales: los fieles.

Recordaba siempre aquel momento cuando le preguntó por la cuestión de la ocupación de la casa. Una conversación espinosa. La casa era un edificio probablemente de los años 30, o sea que llevaba casi 100 años de pie. Según había contado Rodolfo que le habían relatado hace tiempo la historia. Rodolfo y su familia habían sido entre los últimos en llegar hacía apenas dos años. El asunto era que se habían ido muriendo los ocupantes de todos los pisos que parece que en su origen estaban organizados como pisos enteros, a la calle, las salas de estar y dormitorio principal casi sin balcones y al contra frente con el sector de servicios. Un ascensor enclaustrado en unas rejas llevaba desde la planta baja al último piso. En su momento habían planificado que en la entrada, ape nas superado la breve escalera de mármol, ancha y cómoda, sobre la derecha se abría un mostrador para el encargado y el correo y del otro lado un pequeño departamento para vivienda. Al fondo, detrás del ascensor estaba una especie de depósito y en el subsuelo las instalaciones de los servicios comunes. En su momento la telefonista, la caldera, los tableros eléctricos y las llaves maestras de agua. En la terraza luego del último piso, en algún momento posterior habían colocado un tanque de agua (la bomba eléctrica debía estar en el subsuelo). Era posible que hasta la muerte de los últimos ocupantes el mantenimiento se hubiera venido abajo un poco, eso debía haber sido dos décadas atrás. Demetrio que conocía muy bien el barrio, no recordaba la época que señalaba Rodolfo. En opinión del cura las ocupaciones habían comenzado a mediados de los 80.

El aspecto del edificio desde afuera y a cierta distancia no había cambiado mucho. Los balcones pequeños y de poca amplitud hacia afuera no tenían mucha mampostería y los hierros oxidados parecían aguantar con fiereza. Los postigos de madera estaban casi siempre cerrados y se notaba que los habían pintado y no se habían perdido más que algunas de las franjas o listones de madera. Era todo un conjunto oscuro y amarronado no muy distinto a otros edificios viejos.

Adentro la cosa era distinta. Donde antes había cuatro inquilinos u ocupantes y un encargado ahora había más de 50 personas. Todo lugar habitable se había transformado funcionalmente en un departamentito. El ascensor estaba bloqueado en la planta baja y servía como un depósito. Habían logrado recuperar un motor eléctrico para la bomba de agua y habilitado informalmente el tanque de la terraza. Uno de los habitantes cada tanto limpiaba como podía el tanque por las incrustaciones y un moho que se formaba en el fondo. Otro había logrado una conexión eléctrica informal. En los últimos tiempos a través de un contacto de un consejero comunal de donde correspondía el edificio pagaban una conexión directa «provisional» que le había hecho la prestadora del servicio público. Lo mismo con el agua y gas no usaban.

—Pagamos un alquiler.

—Mire el contrato —le dijo Rodolfo en una de las vistas cada vez más frecuentes del cura.

—Este contrato es trucho. Se ve al quilómetro —le respondió el cura.

—Te recomiendo igual pagar este valor como dice acá todos los meses.

—No lo estamos pagando.

—¿Por qué?

—No nos alcanza.

—Es importante que traten de pagarlo para fundamentar la buena fe, aunque creo que no se la va a creer nadie.

—Puede que la justicia argentina sí lo crea —le respondió Rodolfo guiñando el ojo.

El asunto era que Rodolfo vivía allí con una mujer menor que él madre de dos niños que estaban con él y se ocupaba también de un tercero, más grande hijo de Rodolfo con una pareja anterior.

—Te voy a casar con la madre de tus hijos.

—No nos apuremos, ya habrá tiempo.

—Queda mucho trabajo por hacer.

Efectivamente Rodolfo y su grupo habían trabajado y estaban casi terminando el arreglo del saló que estaba atrás del altar mayor en la iglesia. Una tarea que parecía imposible.

—Rodolfo, ¿nunca te dio curiosidad saber a quién pertenece este edificio que ocupan?

—Al que me lo alquila, Demetrio. No más que eso.

—Sabes que no es verdad.

—Sé que a esa persona nadie se lo va a quitar.

—¿Por qué? ¿Quién es?

—Es una persona poderosa, tiene muchas propiedades.

Rodolfo no preguntó más pero le quedó la duda.

Efectivamente el trabajo en el salón parroquial había sido muy bueno.

En poco tiempo iban a poder hacer allí los cursos de catecismo, las reuniones de matrimonios y tantas actividades más que planificaba Demetrio. La finalidad real de la parroquia.

Mientras tanto el otro grupo también trabajaba con las actividades habituales y, tal vez, más convencionales. Una de ellas era las misas recordatorias y en este caso se iba a cumplir un año de la muerte de la señora que tan generosa había sido en vida con la iglesia. El día lo sabían pero lo que no sabían era si algún miembro de la familia iba a concurrir.

Demetrio armó un grupo con Carmen y dos señoras del grupo del rosario que habían sido amigas de la gran dama fallecida. El cura le pidió que llamara a la casa de los parientes para una visita parroquial y le preguntarían si iban a venir a la misa. De paso tal vez se quisieran acercar a la iglesia. Al párroco se le ocurrió que podían ayudar con la restauración de la estatua de san Carlos y como agradecimiento podían poner una placa de recuerdo de la generosidad de la familia.

A la anciana señora del grupo del rosario le dieron vueltas, la hicieron llamar varias veces y al fin le confirmaron para una tarde a las 15:00.

A Demetrio le pareció un horario medio raro, a esa hora debían trabajar, pero se acomodó rápido y le confirmó su ida.

Esa tarde se presentó el grupo en el amplio departamento al que tantas veces había concurrido hasta un año atrás. Los hicieron esperar en la entrada, sentado todos en unas sillas duras que parecían más de decoración que para ser usadas. Demetrio observó que en las paredes se veían marcas donde antes había cuadros, el cura inclusive recordaba algunos. Unos paisajes flamencos pequeños pero atractivos y varios de pintores argentinos, de mayor tamaño y color que debían valer sus buenos pesos o mejor dicho dólares. Le pasó por la cabeza que leyó que por esos días se había vendido uno de Jorge De La vega por un millón de dólares. Por esas vueltas de la vida conoció al plástico, aunque el cuadro ese nunca le había gustado. Le había llamado la atención que decían lo había comprado el propietario de una empresa que estaba andando mal. No eran cosas para que entendiera un cura. Absorto en esos inútiles pensamientos no advirtió que se aproximaba el hijo mayor de la gran dama Segismundo.

Los saludó como quien está muy apurado y a la distancia. Estaba vestido con gran cuidado y con ropa que según una apreciación de Demetrio debía costar un dineral. Seguía con pensamientos negativos y poco morales. Haría penitencia al volver a la iglesia.

Apareció una mujer vestida con un uniforme blanco y negro como ya no se usaba y todos, inclusive el cura tomaron té.

—Les agradezco que hayan venido. ¿En qué los puedo ayudar?

Eso fue lo último amable que dijo. Las señoras casi se atragantaron con el té. Por poco no les pidió de vuelta el dinero que había donado la madre. Tenía un registro que probablemente consiguió durante la sucesión con todos los cheques emitidos a favor del obispado y la parroquia. A medida que les iba hablando iba levantando la voz hasta casi gritar.

—No vinimos a pedirle nada, solamente a decirle que vamos a hacer una misa por el aniversario de su madre.

Omitió el proyecto de recupero de la estatua de san Carlos y lo único que quería ya era poder irse sin escuchar más reclamos ni gritos.

El otro no se mosqueó ni contestó al asunto. Siguió despotricando contra la falta de justicia, la voracidad del Estado, la sangría de los impuestos y lo barato de los alquileres.

Por amabilidad Demetrio que ya estaba impaciente le dijo:

—Tiene muchos inmuebles.

—Claro —tronó el otro.

—Y algunos no los puedo disponer por el animal de un escribano acomodaticio y mi madre que no atendió las cosas como correspondía.

—¡Las ocupaciones! —gritó el otro como si estuviera hablando con un grupo de inútiles e ignorantes.

—Ya nadie asegura a la gente que se respeten sus derechos.

—¡Ya me voy a arreglar con cada uno de estos!

—¡No saben con quién se metieron!

Ya arrancaba nuevamente el propietario y heredero con su catarata de quejas y reclamos a la nada.

Porque ellos, el cura, Carmen y las damas del rosario no tenían nada que ver con toda esa andanada de lamentos. Ojalá estuvieran en esa portentosa situación, pensaba Demetrio.

Fue Carmen la que se levantó y con determinación le repitió lo de la misa y que esperaban a él o alguien de su familia. Dicho eso, saludó cortando por lo sano todo el asunto e inadvertidamente derramó algo de té.

A esa señal, la de Carmen levantándose, todos la imitaron y sin importar la mancha de té sobre la alfombra ni esperar la mujer uniformada se fueron para la puerta casi sin saludar.

Algo le quedó rebotando en la mente al cura mientras bajaban medio apretados en el ascensor.

En la calle se respiraba un aire mejor, reflexionó Demetrio. Se despidieron y el cura enfiló para la cercana iglesia.

El descubrimiento

Los trabajos de refacción de la sala parroquial avanzaban con rapidez. Rodolfo conocía como hacer el trabajo y había traído varios ayudantes que Demetrio creía no haber visto nunca. Tal vez fueran habitantes del edificio donde vivían todos con Rodolfo o compañeros de otros lugares. No importaba, se estaba haciendo todo muy bien. El viejo salón, al que se accedía, curiosamente detrás del altar mayor, no había sido usado desde hacía años, antes que viniera Demetrio que ya llevaba mucho tiempo al frente de la parroquia. Normalmente el altar mayor, es el final de la nave de la iglesia, se entra por el frente y se camina hacia el altar mayor que, también normalmente custodia de la mejor manera posible el Santísimo, que se supone que es la clave, en cada misa de la comunicación con Dios a través de la consubstanciación. Así explicaba Demetrio a Rodolfo.

—Pero yo no te estoy preguntando eso, que además no lo entiendo bien.

—Te estoy preguntando si había algo que vos sepas o te hubieran dicho en el fondo del salón.

—No te digo que ya cuando llegué el espacio estaba inhabilitado.

—El anterior cura se murió en la sacristía, o por lo menos así cuentan.

—Era viejo y no se quería retirar. Se quedó duro y el sacristán lo encontró a las horas. Sin nada que hacer.

—Era un italiano que habían ordenado allá y lo mandaron acá cuando Buenos Aires era una ciudad llena de creyentes. Las iglesias estaban llenas. Por los años 40.

—El hombre se pasó la vida acá. Como 40 años.

—Es raro no lo hayan hecho rotar —notó Rodolfo con acierto.

—Sí, es raro. Pero así leí en algunos documentos.

—Volvamos al trabajo en el salón. ¿Cuánto crees que falta?

—Vamos bien. Falta poco. Solo la pared del fondo.

Tenían que arreglar la sala para reuniones en la iglesia. En su origen el edificio de la parroquia tenían una casa parroquial y dos casas adosadas con un terreno en el fondo que en conjunto con el de la iglesia permitía un gran uso de espacio. Pero a través de las sucesivas ventas había quedado reducida a la sola iglesia con una gran escalinata, la sacristía en el fondo a un costado y ese salón que solamente ahora estaban recuperando. Todo en nombre de los ahorros. De tanto ahorrar iban a terminar cerrando la iglesia.

Efectivamente era raro que en lugar de un ábside externa hubiera una pared medianera con un salón atrás. El salón del ancho del terreno llegaba hasta más de la mitad de la manzana por las medidas que a ojo habían hecho con Rodolfo.

A la mañana después Demetrio estaba mirando con Rodolfo el avance de los trabajos cuando uno de los ayudantes llamó a Rodolfo para mostrarle algo.

Se quedaron revisando algo en la pared del fondo. Rodolfo no dijo nada y Demetrio tampoco preguntó. Volvió a la sacristía porque esa tarde tenía la reunión en el obispado por unas jornadas de reflexión que tenían que organizar en la diócesis.

Rodolfo y los suyos siguieron trabajando y Demetrio e fue a la reunión. Se prologó bastante y apenas pudo volver para la misa vespertina. El grupo de rezo del rosario lo estaba esperando y de nuevo apareció Rodolfo solícito para ayudarlo en el oficio. Esta vez estaba solo.

Terminada la misa Rodolfo lo siguió, como siempre a la sacristía, una vez saludados los pocos asistentes.

—Esta vez vinieron pocos, Rodolfo.

—Don Demetrio, te tengo una sorpresa.

—¿Cuál?

—Vení.

Lo fue guiando al salón. Prendieron la lamparita precaria que habían puesto, aunque ya habían terminado el tablero y solo faltaba comprar más lamparitas y plafones.

Fue directo a la pared del fondo.

—¿Qué hay acá?

—Está hueca.

Eso podía ser normal porque no necesariamente apoyaría sobre el muro del fondo.

—¿Me permitís que haga un agujero?

—Si no te queda otra. ¿Qué querés hacer?

—Quiero ver si hay algo detrás.

—¡Qué pensás que pueda haber!

—¿Un tesoro?

—¿Por qué no?

Demetrio se detuvo en ese pensamiento. Él no pensaba ni remotamente que pudiera haber algo valioso detrás de esa pared polvorienta, con manchas de humedad y agujeros pequeños. ¿Por qué razón no tenía confianza en que pudiera haber algo valioso? ¿Era un escéptico?

—¿Por qué pensás que pudiera haber algo valioso?

—¿Por qué no?

—Hace años que nadie mira por acá.

Rodolfo le dio unos martillazos y la placa se rompió y se vino abajo como si fuera de yeso. Demetrio esperaba la resistencia del ladrillo, pero no había sido así. Rodolfo tenía una linterna en su inacabable mochila, la misma donde traía el fernet y quien sabe cuántas cosas más.

—Dejame ver.

—¡Hay una valija! Y... ¡una caja grande de madera!

Cargaron todo lo que había. Era un espacio angosto entre la pared del fondo que era de ladrillo doble y la pared que habían tirado abajo casi en su totalidad. Puesta como si fuera parada estaba la caja y arriba un valijón de cuero muy ajado.

Arriba del pupitre de la sacristía se veía todo viejo y polvoriento. Fueron abriendo todo. Demetrio dudó un minuto al darse cuenta de que podían ser documentos confidenciales, pero la duda se le pasó, Rodolfo era parte de todo, es más él lo había descubierto.

En la caja de madera había objetos sacros, un hermosos cáliz probablemente de plata colonial, varios platos también de plata o peltre, dos candelabros rotos por el modo en que los habían apretujados en la caja y algunos objetos pequeños bastante arruinados por el tiempo.

En la valija había documentos de la parroquia. Demetrio comprendió enseguida cuando vio los años de las últimas inscripciones. Habían sido escondidos para evitar los robos, vandalismos y saqueos.

—¿Qué son? —preguntó Rodolfo.

Son objetos sagrados como los que tenemos y un libro con documentación de bautizos, matrimonios y acciones sacerdotales.

—Podemos vender estos objetos que ni sabías que tenías. Deben valer buena plata. Primero hay que acomodarlos un poco. Pulirlos.

—Yo conozco quien puede hacerlo e inclusive quien lo compra y nadie se entera.

—No podemos, Rodolfo. Pertenecen a la parroquia y en definitiva al obispado —dijo Demetrio sin mucha convicción.

—Dejé que se fueran todos para que no se supiera pero igual ya saben que hay algo. Como lo vi yo lo vieron otros.

—¿Qué querés decir, que me lo van a robar?

Por primera vez Rodolfo se molestó.

—Yo solo te aviso.

—¿Pero cuánto pensás que puede valer esta platería si es que es auténtica y no aleación barata?

—Por eso te digo que tenemos que hacerlo pulir por alguien de confianza y después decidir.

Demetrio se quedó con la duda. Con la venta de esos elementos cuya existencia ya nadie reclamaba se podría hacer mucha obra.

También era un sacrilegio porque eran consagrados y venderlos y además en negro un acto contrario derecho canónico. Además sin autorización del vicario ni el obispo. En realidad del obispo. Claro que tampoco lo debían tener inventariado.

—Tenés razón, Rodolfo —le dijo Demetrio como para calmarlo.

—Lo voy a pensar y mañana vemos qué hacemos.

Sabía que en su interior la decisión ya la había tomado. ¿Rodolfo se quedaría con una parte?

La Providencia no se llama Ernesto

El párroco ha terminado las tareas del día. Pasó la misa vespertina, la charla con Carmen y Rodolfo los estimados dirigentes de los Servidores de Santa Teresa y también se había despedido una por una con las mujeres del grupo del rezo del rosario. Apagó las luces de la iglesia y solo dejó prendida la lamparita de la sacristía. Iba a leer algo antes de irse a dormir. Porque Demetrio, párroco y único sacerdote de Santa Teresa, la vieja iglesia del barrio, vivía en un departamento muy cerca, en la misma manzana. Normalmente cerraba la pesada puerta de madera con una tranca de gran tamaño y salía por la puerta lateral, chiquita, que daba al costado de la escalinata, donde estaba el timbre.

Al sentarse en la silla dura y apoyar el libro en el pupitre, siente la vibración del celular, un llamado ingresaba, un número desconocido.

Hizo algunos razonamientos negacionistas sobre si responder o no, pero finalmente respondió obediente a su ministerio. Podían necesitarlo para una urgente confesión o unción de los enfermos.

—Hola —dijo varias veces. Nadie contestaba. No se preocupó porque era común que las personas equivocaran el número o aún se arrepintieran del llamado mientras lo estuvieran haciendo.

Puso el aparato también con el sonido elegido y a un máximo nivel de volumen. Si llamaban de nuevo, iba a oír una sinfonía conocida y agradable, en el silencio de la noche.

Demetrio quedó alerta y a la espera del interlocutor ignoto. Su intuición había sido correcta, poco minutos después, unas notas conocidas y esperadas, rompieron la inevitable tensión de la espera.

Dejó unos segundos de placer a sus oídos en escucha y atendió. De nuevo silencio y el inexorable número privado como toda identificación. Apoyó el celular sobre el pupitre, en el momento en que otro sonido, esta vez estridente y vulgar, atacó su tranquilidad.

Era el timbre y, al acercarse a la puerta pequeña escuchó, nítidos bajo el eco eléctrico, unos golpes sobre la madera, del lado externo.

—¡Ya voy! ¿Quién puede estar tan apurado?

Al sentir sus pasos, quien o quienes estaban del otro lado dejaron de golpear. Sin más dudas, al contrario, con cierto apuro, Demetrio abrió la puerta. Las luces de la calle lo encandilaron un poco y no pudo identificar a ninguno de los dos que estaban afuera.

—Buenas noches, Demetrio —dijeron los visitantes.

—¿Nos permite entrar?

—Adelante —respondió el cura, que ahora estaba seguro de que no los conocía. NO se sorprendió que supieran su nombre, era conocido en el barrio.

Los llevó hacia la sacristía. Cruzaron la iglesia oscura. Eran dos hombres, uno más joven que el otro.

El más grande tenía puesto un traje arrugado y desprolijo, el otro un saco oscuro y un pantalón claro, sin corbata.

De entrada le causaron una mala impresión. Rápidamente trató de alejar ese prejuicio de su humano pensamiento. Los llevó hasta el pupitre y acercó otras dos sillas. Los tres se sentaron al mismo tiempo.

Demetrio iba a comenzar a darles la bienvenida y decir algo amable como para cortar el hielo. Mucha gente se apichonaba en la iglesia, más aún de noche, con poca luz hasta las sombras podían asustar. La estatua de san Carlos Borromeo lo hacía más grande de lo que era en realidad. Pero los dos huéspedes no eran ese tipo de gente. Lo comprendió por la primera frase:

—¿Usted es Demetrio Deal y su sobrino se llama Ernesto?

—Mi sobrino se llama Ernesto pero si no me dicen el apellido no les puedo dar precisiones.

—Saben que los curas no somos nunca mentirosos.

Los dos intercambiaron una mirada cómplice o de entendimiento.

Le dijeron el apellido de Ernesto y Demetrio comprendió que se trataba del mismo, su sobrino.

El mayor, con voz algo chillona por el aspecto que tenía, le dijo:

—Ernesto le dio un cheque con un dinero que nos pertenece.

Demetrio era cura pero no tonto, y estaba en la casa de Dios, si bien solo y a unos 50 metros de la puerta cerrada.

—¿Y por qué no le reclaman a él?

Tuvo la presencia de ánimo de responderle con una sutileza.

—Ustedes buscan el dinero y no el cheque. Así que yo no puedo hacer nada. No podía saberlo.

—Resulta que su pariente desapareció y nos enteramos de que de una de sus cuentas bancarias debitaron un cheque usted acreditó. Supiera o no supiera.

Demetrio retrucó.

—El dinero es el mismo y sustituible. ¿Por qué me lo piden a mí?

Omitió decir «fungible» porque le pareció rebuscado y provocativo.

En eso se levantó el más joven. Era más flaco y grácil, curiosamente tenía la voz gruesa.

—Curita. No te hagas el vivo. O aparece tu Ernesto con la plata o nos devolvés vos lo que recibiste. Es cosa nuestra recuperar el resto a quien y cuando.

De algún lado del saco extrajo una botella vacía.

—La próxima viene con nafta de la buena y te hacemos a la parrilla como los del otro día.

Se ve que eran cobradores de pocas palabras. Sin mayores explicaciones se levantaron y se fueron hacia la puerta. Al llegar se dieron vuelta y el más viejo dijo:

—Tenés hasta el lunes al mediodía. Ya que estás traenos efectivo, así ahorramos.

Demetrio los vio salir. Se quedó pensando en lo grotesco de la situación. Era imposible, impensable devolver la plata. ¡Era bien habida! ¡Era profundamente injusto!

Trató de llamar a Ernesto pero no contestaba. Hacía tiempo que no lo llamaba pero ahora le urgía. Apagó la lamparita de la sacristía y, en tinieblas, sin temores, salió hacia su departamentito. No tuvo pesadillas, pero se despertó temprano el día después. Volvió a llamar a Ernesto, sin conseguirlo.

Eran cuatro días. Pasó uno y pasó otro y Ernesto no aparecía.

Una vez más confió en la Providencia.

Así fue que el lunes al mediodía, puntuales como los ingleses, aparecieron los dos. Esta vez el portón y la puerta estaban abiertos. Por allí entraron y fueron directo a la sacristía. Se sentaron.

Demetrio, ese día tenía una misa especial para el grupo del rosario, justo a las 12:30.

Puntual vino Rodolfo, que lo estaba ayudando, como monaguillo de lujo.

Hombre de experiencia y calle, Rodolfo los vio sin mirarlos, pero no dijo nada. Demetrio ofició la misa e inclusive improvisó un sermón sobre los males de la codicia y la virtud de la generosidad. Los tipos ni se mosquearon. Terminó la misa, las mujeres del grupo del rosario se fueron tras saludarlo una por una. Quedaron los cuatro. Dos sentados junto al pupitre de la sacristía. El cura y Rodolfo salían desde el altar mayor e iban lentamente a dejar los paramentos y los objetos sagrados en la sacristía.

De pronto, el más joven, gritó algo. Sonó como un tiro. Pero no lo era. Su voz grave y ronca al levantar el tono parecía un aullido. El aullar redondeaba un nombre. Lo repitió y agregó:

—¡Rodolfo! ¿Vos acá? ¡En una misa!

—Adrián y Carlos. ¿Ustedes qué hacen acá?

Los tres se abrazaron. Demetrio los miraba incrédulo.

—Un pariente cercano del cura nos estafó con un dinero.

—Uno de los nuestros estudió el asunto y rastreó que una parte se la regaló a este cura.

—¿Te parece posible?

Demetrio iba a decir algo sobre el dinero blanco y el dinero negro y la Providencia, santa Teresa y san Carlos.

Rodolfo no lo dejó hablar y se puso a recordar viejos tiempos con los otros dos. Sacó la botella de fernet de su inacabable mochila y brindaron con tres vasos.

Demetrio, prudente, emprendió la retirada.

Al fin cuando se fueron, Demetrio le agradeció mucho a Rodolfo.

—Esto fue un aviso. Por un tiempo mantené lejos a tu pariente Ernesto.

Demetrio le pidió una vuelta de fernet. Le hacía falta.

Sugestión

Comenzaba a hacer frío y Demetrio no se acostumbraba. La iglesia, su parroquia, no tenía un sistema de calefacción central. Alguna vez quería conocer la verdadera historia sobre la construcción del templo. Su opinión era que se había construido con diferentes donaciones, como siempre, pero cerca del final, más de una había fallado. Una de estas era la de la instalación de la calefacción. Porque en el subsuelo se reservó un espacio grande donde tiempo después pusieron una caldera pequeña para el agua caliente. En ese lugar, según él, era donde debía estar antes una máquina más grande y la conexión con los tubos del sistema de agua, que a su vez conectaban con calefactores. Había fallado ese paso. Probablemente estaban hechos pero cerrados los espacios externos y las desviaciones para calentar el agua y así el ambiente y la caldera se cambió en algún momento o nunca se llegó a poner para esa generación mayor de calor. Se estaba enredando en esa hipótesis, junto a otras observaciones de cosas sin terminar que ya estaban viejas. De la madeja mental de indagaciones históricas al sopor el paso fue corto, sentado en la silla dura frente al pequeño pupitre. Cuando ya comenzaba el cabeceo previo al sueño, una voz cercana lo hizo dar un respingo. Era Carmen.

—Hola, padre, ¿cómo está?

—Trabaja demasiado, le va a hacer mal.

Esa era una mentira piadosa, iba a responder el cura. Pero mejor se concentró en retomar la conciencia lo más ordenadamente posible, acomodándose como pudo en la dura silla de madera.

—Me agarró somnolencia.

Fue la verdad que le vino mejor a la mente.

Carmen era una gran colaboradora, de la vieja guardia, presidente rotativa de los Servidores de Santa Teresa hasta final del año a cargo de Rodolfo.

Su edad era indefinida pero su mente despierta y sus energías notables.

Demetrio Deal, el párroco, le preguntó por sus familiares, que conocía bien. En general venían juntos a la misa del domingo. Pero la que verdaderamente colaboraba era ella.

—Estuve con el comisario, junto con otros representantes de la sociedad civil.

—Me dijo que lo va a venir a visitar personalmente.

—Hubiera aprovechado para ir con todos —soltó espontáneamente Demetrio. Se hizo un silencio. El presbítero imaginó que Carmen le iba a hacer algún comentario sobre Rodolfo y alguno de los miembros de la casa tomada. Tal vez no supiera que estaban o ya habían regularizado la situación comprando el inmueble. Pero el asunto no venía por ese lado. Era el temor del cura, que hubiera celos recíprocos. Pero hasta ese momento ni Carmen le había hablado mal de Rodolfo ni el de ella.

Retomó la conversación Carmen.

—La policía quiere mejorar la seguridad de los vecinos, aumentando el control en la calles.

—Para eso van a colocar más cámaras y tener más personal policial en las calles, sobre las veredas.

—Es lo que tienen que hacer. ¿Para eso los convocaron?

—Usted, padre, es terrible. ¡No se le puede esconder nada!

—¿Por qué?

—Me agarró en un aparte y me dijo que algunos vecinos se quejan de que durante la noche se oyen ruidos raros dentro de la iglesia.

—¿Qué tipo de ruidos?

—No precisaron ni me explicó más.

—Yo le aviso, cuando venga el comisario se lo cuenta.

—¿Cuándo va a venir?

—Es lo que me pidió que arregle con usted, padre.

—Ya te dije que me llames Demetrio y nos podamos tutear. Además, ¿no puede pedírmelo directamente? ¿Por qué tanta vuelta?

—Decile que lo espero cuando quiera. ¡Esperá! Mejor reviso la agenda del celular.

—Mañana a las diez lo espero. Venite con él.

Carmen era muy ordenada y correcta. No se quedó ni un minuto más, llamó por teléfono a la comisaría y en un minuto confirmó.

—Disculpame. No te pregunté si vos podías.

—Puedo —respondió. Hablaron de algunos planes inmediatos, la colecta, el catecismo que iba bien, los que iban al curso que según su control no faltaban y parecían ser buenos alumnos, la organización de las jornadas. El dinero que había donado Ernesto aplacaba las ansiedades. Así que al rato se fue.

Demetrio se quedó con la espina de que serían esos ruidos. Justo llegó el grupo del rezo del rosario y el cura pensó en la misa de la última hora. También se acordó que tenía que llamar al vicario y antes de la noche hacer unas visitas a dos enfermos allí cerca, en el barrio. Los presuntos ruidos nocturnos pasaron momentáneamente al olvido.

La mañana después, Demetrio se acordó demasiado tarde del asunto de los ruidos. Ya pronto iba a enterarse por lo menos por parte del policía.

Carmen llegó primero, al poco tiempo el comisario con otro policía.

No teniendo un lugar mejor los hizo pasar a la sacristía porque el salón, que estaba casi terminado era muy grande. Les ofreció un té y los tres aceptaron. El también. Carmen amagó con levantarse a hacerlo pero Demetrio se apuró y ya tenía la pava llena de agua. Agregó un poco más y las cañerías parecieron rezongar.

Según los vecinos que le habían contado a uno de los policías, el que acompañaba al comisario, durante la noche, poco después de la medianoche, se escuchaban unos ruidos siniestros en la iglesia.

—¿Qué entiende por siniestros?

—De noche todo parece diferente y puede haber una exageración, pero las personas grabaron los ruidos.

—¿Grabaron? ¿Tan fuertes son? ¿Los tiene?

Carmen comenzaba a inquietarse y Demetrio percibía cierto nerviosismo. Ante lo inexplicable la mente acude a alguna explicación.

Eso precisamente comenzó a explicar el policía.

—Mire, la otra noche, ayer, yo mismo los escuché.

—¿Usted también?

—Efectivamente —comentó el comisario, mostrando con satisfacción el cumplimiento del deber y mostrando de paso el valor como hombre ante Carmen. Demetrio había observado que cualquiera fuera la edad de una mujer, su sola presencia, ante determinados hombres produce en ellos un cambio de conducta. El jefe de los dos pertenecía a ese tipo de hombres. A Demetrio que no pertenecía a ese tipo de hombres le produjo un dejo simpático, un acercamiento instintivo.

—¿Qué escuchó?

—La verdad que no son ruidos tremendos, pero de cuando en cuando suena como una cañería medio tapada. El famoso golpe de ariete, dijo conforme de haber encajado esa expresión técnica.

—Pero sabemos que no hay nadie en la iglesia. Usted está en el departamento.

Demetrio lo miró con mayor interés. Carmen también lo miraba pero con admiración y a su vez observaba a Demetrio esperando alguna respuesta.

El policía que no miraba más que fijo delante de él donde no había nadie, comentó:

—La gente se asusta. No es bueno, ya bastante difícil está la calle.

—¿Disculpe, qué quiere decir con eso?

El comisario lo fulminó con la mirada y el otro volvió a fijar la mirada en un punto lejano como si no hubiera dicho nada.

—Voy a revisar este asunto yo mismo y le prometo que en tres días le comento.

Carmen se movió nerviosa, el comisario preguntó:

—Disculpe, don Demetrio, por qué justo tres días…

—Ja, ja. De casualidad. Póngale pasado mañana y son dos.

Los tres se miraron sin saber que expresión poner y en una de esas conductas coincidentes sonrieron al mismo tiempo, sin hacer mayores comentarios.

Carmen se levantó y esa señal el comisario y el otro policía la imitaron. Parecía que el grupo se había sugestionado. Demetrio miró, bajo las luces de la media mañana a la estatua grande, la de madera de san Carlos Borromeo. La miró insistentemente porque pensó que se estaba agrietando una parte que antes no había visto. La cosa se ponía peligrosa. En corto plazo habría que restaurarlo. Los tres siguieron la mirada del cura que se había quedado por unos segundos fijando una estatua grande y oscura que estaba del otro lado de la sacristía, como protegiendo una capilla. Carmen sabía que era la capilla de San Carlos porque la iglesia estaba consagrada a santa Teresa. Los policías no hilaron tan fino pero se quedaron preocupados y miraron para el lado de la puerta.

Al fin todos salieron. La actividad del día se había demorado y Demetrio tenía que recuperar el tiempo perdido. Así llegó la noche.

Durmió hasta las 12, se levantó, salió del departamento y fue a la iglesia. Se instaló directamente en la sacristía, entró por la puerta lateral. Demetrio no temía las sombras y menos en su parroquia. Efectivamente había algunos ruidos, que a él le parecieron menores.

Especialmente en algunas paredes de la nave y apenas detrás del muro externo de la sacristía. Como si hubiera un movimiento de agua. Pero eso era muy poco probable porque él no había abierto ninguna canilla. Eso fue todo para esa noche. Demetrio se quedó tranquilo,

La noche después se apostó fuera de la iglesia. Se metió entre el muro de la medianera y el edificio del costado desde donde mejor decían se escuchaban los ruidos. Demetrio oyó. Con claridad. En un momento creyó ver la sombra de alguien que se aproximaba por la vereda rasante la pared, no era un transeúnte. Lo vio mejor a la luz de la luna, era el comisario. Seguramente venía a revisar también. Demetrio lo dejó acercarse e irse. El otro no lo vio.

La mañana después el cura fue directo al obispado y pidió al vicario si tenía la escritura original de la parroquia. Curioseó un poco sobre el viejo documento que le dieron. Le acercaron un sobre con unos planos antiguos. Era lo que buscaba.

Uno de ellos le interesó especialmente. En ese gráfico quedaba claro cuál era el plan original de la calefacción y por donde iban los tubos de agua. Demetrio sonrió con gran satisfacción, por una vez con aprecio y estima por su razonamiento.

Al tomarse el colectivo a la vuelta, bajó una parada antes para caminar tranquilo y reflexionar.

Había que ver si convenía explicar todo con la razón hidráulica. O tal vez dejar un poco de suspenso y otorgar a lo sobrenatural un poco de esperanza.

Al llegar a su parroquia aún no había decidido. Al sentarse en su silla rústica apoyó las dos manos sobre el pupitre y pensó que mejor era dejar pasar un poco el tiempo para ver para donde iba la cosa.

En eso lo llama Rodolfo. Agarró el celular y atendió.

—Hola, Demetrio, ¿cómo estás? ¿Cuándo empezamos con el arreglo de la calefacción? ¡Ya sé por dónde van los caños! ¡Lo fui explorando desde afuera y están bien pegados a la pared!

—¡Antes del invierno, Demetrio! ¿Te gusta la sorpresa?

—Venite y lo planificamos. Hay que ver cuánto cuesta. Lo vamos a hacer de a poco —respondió Demetrio con gran serenidad.

Inspección.

Hay que hacer el bien por el bien mismo

Demetrio había terminado la actividad de la mañana y, cosa rara, tenía bastante hambre. No sabía bien que hacer. Ir a la panadería a comprarse alguno de esos panes o facturas, pasar por la confitería y pedirse un tostado o comer la ensaladita que había traído y guardado en la cocinita de la sacristía. Fue hasta la calle, para encontrar inspiración. Salió por la puerta principal de la iglesia, de la que era párroco hace muchos años. Creía conocer cada baldosón del piso, pero cada vez que los miraba le parecían diferentes. Recordó por analogía aquel pintor californiano que expuso como obra de arte una ventana abierta hacia un paisaje. La contemplación artística, o sea atenta y sensible, de los cambios que ocurrían en cada minuto del día y más aún en semanas y estaciones, mostraban la perfecta belleza y armonía de la naturaleza. Ese día, como uno cualquiera, percibió el misterio del arte, yendo de lo obvio a lo inescrutable.

Todo es valioso, por lo menos decirlo o mostrarlo la primera vez. Tan doctas consideraciones lo pusieron de buen humor, teniendo además en cuenta que a esa hora del mediodía había, varias personas en la iglesia. Era buena noticia. No quería usar su mirada escrutadora para revisar que estuvieran haciendo. La falta de acomodo en las veredas hacían que, ciertas veces, ingresaran personas solo para sentarse. Para no mencionar los que se metían para llevarse algo. Afortunadamente, Rodolfo un gran colaborador suyo, le enviaba uno u otro de sus asistentes para vigilar. Siempre había uno de sus muchachos sentado hacia las últimas filas. Demetrio ya los conocía y ellos lo saludaban con respeto. Tendría que averiguar si estaban faltando al colegio. También tendría que evaluar si reponer la misa diaria de las 12 horas o una exprés de las 13:00. Corta, media hora, podía atraer personas del barrio. En el centro de la ciudad había oído hacían algo parecido.

Volvió al dilema material de la comida porque se sentía hambriento. Ya estaba en la puerta grande, casi por descender por la escalinata. Fue bajando como quien duda sobre qué hacer y se detuvo en el descanso, a los pocos escalones ya que toda la bajada no debía tener más de 15 peldaños.

De pronto levantó la vista y vio una persona que miraba la iglesia desde la vereda y con un bufido se disponía a subir hasta la puerta. En efecto, le pasó al lado. No saludó o por lo menos Demetrio no se dio cuenta si lo había saludado. Por eso hizo énfasis:

—Buenas tardes.

El otro ya había llegado al final y estaba en el rellano de arriba y Demetrio un poco más abajo. Pero ni respondió al saludo, ni entró. Se quedó mirando como si estuviera revisando algo. Parecía observar la escalinata y la entrada con mucho detenimiento. Incluso lo vio medir distancias en el aire. Todo muy raro, pensó el párroco.

El hombre, al fin, miró hacia los costados, lo observó sin hacer ningún gesto y agarró el celular y llamó. Demetrio escuchaba entrecortado, solo palabras sueltas en el aire. Como si estuviera pidiendo alguna autorización o consultando algo con su jefe.

—¿Estaría planificando un robo? ¿Llamaba al resto de la banda?

Demetrio recordó al vuelo que no había guardado bien el Santísimo y tampoco los candelabros que había donado la benefactora años atrás. Hizo una especie de inventario mental de las pocas cosas de valor comercial que podrían llevarse. Aparte del sacrilegio, eran objetos de fe y culto difíciles de reponer. Aunque para quien tiene fe los brillos y oropeles no tienen importancia. Todo eso pensó en un instante.

Durante ese mismo instante no miró para el lado del hombre sujeto de tan graves sospechas. Pero el otro estaba ocupado en una cosa inesperada. Sacó una carpeta pequeña que llevaba bajo el saco o en algún otro lado que la hacía invisible y empezó a escribir algo. No era muy largo porque terminó rápido.

—¿Usted es el responsable acá? —preguntó de pronto dirigiéndose claramente a Demetrio.

—Sí, claro, soy el cura párroco Demetrio Deal.

—Hace muchos años que estoy aquí.

—¿En qué lo puedo ayudar?

El otro no era del barrio y no parecía muy interesado en cuestiones religiosas.

Sin mucho preámbulo le dijo:

—Acá le dejo esta acta de inspección.

Demetrio agarró el papel que le daba el hombre. Un color blanco sucio. Decía que se había observado una infracción a la ley 962 de la ciudad sobre «medios alternativos de elevación».

Le daban 30 días, que por alguna razón estaban escritos en números y también en letras, pero entre paréntesis, para remediar el asunto antes que le aplicaran la multa.

—¿Disculpe, qué quiere decir?

—Que si alguien no está en condiciones de subir la escalera la institución que usted representa tiene que poner a disposición del ciudadano medios alternativos de elevación para que no sea la escalera un obstáculo al uso de un espacio abierto al público.

—También está la ley nacional 24.314 que aplica.

—¿Qué tengo que hacer? —preguntó Demetrio. En el momento se dio cuenta que la pregunta era tonta porque el otro no le iba dar la solución. Pero podía probar y de inmediato agregó,

—Necesito más tiempo.

—Ya consulté con el jefe que en atención al culto y al respeto al obispo auxiliar, en lugar de diez días le otorgó 30. Son hábiles. Son como 45 corridos.

Se nota que el tipo no quería ablandarse porque saludó y se fue apurado. A Demetrio se le terminó el hambre.

Era un problema nuevo sobre los muchos que ya tenía con el edificio de la iglesia. Ese mismo día llamó al obispado y habló el tema con el vicario. Entendían el asunto pero no había un plan para las iglesias de la diócesis y tampoco fondos. O sea cada uno que se arreglara como pudiera. Obviamente la clausura no era una opción aceptable.

—Búsquele la vuelta, padre.

Fue lo último que dijo el vicario. Demetrio lo conocía y era un hombre práctico. Empezó a hacer algunas averiguaciones. Alguna solución debía haber, que fuera simple, barata y concreta.

—Rodolfo, ¿qué opinás?

—Le damos unos pesos al inspector y nos lo sacamos de encima por un tiempo.

—No me parece una buena solución y menos para un cura.

Rodolfo sonrió. Hombre acostumbrado a lidiar con la escasez se había acercado hace poco tiempo a la parroquia y había resultado un gran colaborador. Ya habían casi terminado el salón parroquial, detrás del ábside. El lugar había estado cerrado por años, abandonado. Ahora en poco tiempo sería un lugar de reunión para el barrio. Pero en este caso no era un buen consejo. Rodolfo lo vio titubear y encareció la dosis:

—No te preocupes. Yo me encargo. Ni te vas a enterar, como si nunca hubiera venido el inspector.

—Así hicimos en el edificio. ¿Viste que tienen esa escalinata blancuzca?

—Lo arreglamos y hace rato que no viene.

—¡Y eso que ahora somos propietarios!

Más tarde vino Carmen, otra gran colaboradora, que con Rodolfo se alternaban en la conducción de la Asociación Servidores de Santa Teresa.

—Demetrio, yo pondría una baranda de madera o lo que consigamos en el costado de la pared y sanseacabó.

—Es una posibilidad que permite la ley, según estuve leyendo.

Demetrio asintió, había estado estudiando la ley. Pero también tenía una idea.

Otra posibilidad podía ser poner unas maderas arriba de una parte de los escalones como si fuera una rampa. El cura comentó su propuesta a sus dos consejeros. Esa noche después de la misa vespertina.

—Se la van a robar. Durante la noche van a sacar las maderas —también había dicho Rodolfo.

—Se van a romper y va a ser peor la solución que el problema.

Esa noche en el departamento, antes de dormir, Demetrio hizo una búsqueda de cómo resolver el problema de un modo moderno y eficiente. Tenía dos soluciones factibles más una inmoral, pero en definitiva tenía tres opciones, para un problema y 45 días. No era para perder la calma.

La actividad de todos los días lo absorbió ya la mañana después sin darle más tiempo para ocuparse del asunto.

Esas semanas estuvo bastante tiempo fuera de la parroquia visitando enfermos. Especialmente varios de ellos que tenían la movilidad muy reducida.

A la vuelta de una de esas visitas, mientras subía la escalera tropezó en unos de los últimos escalones. No perdió del todo el equilibrio. Se recuperó y con fingida agilidad entró por la puerta lateral dando amplias zancadas.

Llamó por teléfono a Rodolfo. Necesitaba su ayuda. Le pidió que viniera.

Una vez más la Providencia, a través de sus misteriosos mensajes, o sea su torpeza, le había dado la solución.

—Hola, Rodolfo —lo saludó apenas llegó.

—¡Es una vergüenza que sea tan difícil subir la escalera!

—No es difícil.

—No lo es para vos.

—¿Hay alguna persona con dificultades para desplazarse en el edificio donde está ustedes?

—Más de una.

—Ahora las recuerdo, tenés razón.

Rodolfo entendió hacia dónde iba el cura. Ignoraba el visitante si estas personas irían alguna vez a la iglesia aunque las subieran a upa. Pero no era el momento de comentarios negativos. El cura estaba eufórico.

—Sé lo que vamos a hacer para facilitar la entrada y no me importa la inspección ni el plazo ni la multa. Me importa la solución para todos.

—¿Y entonces? ¿A qué te referís? —preguntó Rodolfo.

—Hay que hacer el bien por el bien mismo.

—Vos me vas a ayudar.

—Además, estos escalones son de cemento, no de mármol como los tuyos. Va a ser más fácil.

—Rompemos los escalones del costado y nivelamos con el mismo cemento para que sea una rampa lisa y suave, para que suba sin un trabajo bárbaro una persona en silla de ruedas.

—Yo te pregunté antes, pero ahora me acuerdo muy bien que en una de mis vistas vi dos personas en silla de ruedas.

Rodolfo recordó a quién se refería Demetrio, efectivamente había visto esas dos personas pero una en realidad se había ida hace unos días.

—Sí, claro.

—¿Podés hacer el trabajo?

—Seguro, lo podemos hacer con algunos materiales y compramos cemento. No es muy caro.

—¿Pero no va a quedar mal? —le preguntó al cura con curiosidad.

—¿Vos decís que quede asimétrico?

Rodolfo asintió sin comprender del todo a que se refería el cura, pero intuyó lo correcto, lo que le había dado curiosidad.

—Es algo bueno. El asimétrico soy yo que no se me ocurrió antes.

—Rodolfo, acordate. Hay que hacer el bien por el bien mismo.

—Las personas con dificultades es claro que no pueden subir la escalera. Soy yo el que me tenía que haber dado cuenta antes.

—Más todavía si viene la inspección —concluyó el cura con una sonrisa, mientras Rodolfo sacaba de su inefable mochila la botella de fernet.

Confesión

El párroco se levantó cansado y con algunos dolores. El estilo religioso de mostrar siempre buena disposición era un entrenamiento de años. Pero también el paso del tiempo cobraba su peaje y, pasados los 60, no todos los días salían iguales. Este empezaba mal.

Aplacó bastante los dolores con una ducha caliente. El agua no salía con mucha fuerza pero el calefón, puesto al máximo cumplió. Estaba bien caliente. Ya el médico le había dicho que los dolores artríticos eran inevitables y no había mucha vuelta que darle. Al salir de la ducha se vistió rápidamente y el desayuno le cayó mejor. Conforme con la mejoría, mantenía el cansancio pero ya el cuerpo iba más liviano. Abrió la iglesia, y esperó unos minutos en la sacristía. Como ante un aviso aparecieron los dos muchachos mandados por el inestimable colaborador, Rodolfo. Uno se quedaba sentado en las últimas filas controlando la seguridad y el otro lo ayudaba a limpiar, por encima. Poco entraron las mujeres del grupo del rezo del rosario. Había un grupo que venía temprano a la mañana y otro distinto que llegaba a la tarde. Cuando terminaba el de la tarde, celebraba la misa vespertina, todos los días de la semana, salvo fiestas religiosas y los fines de semana cuando aumentaba la frecuencia de las misas.

Esa mañana tenía que terminar unos reportes y preparase para la visita regular del vicario. Se fijó en la agenda del celular y vio, con cierta satisfacción que la visita no era ese día sino el siguiente.

Se preparó un té, en la cocinita y se sentó ante el pequeño pupitre en la sacristía. Cambió un poco la posición de la silla así podía ver mejor el interior de la nave, la única que tenía la iglesia. Verificó lo que ya sabía o sea que había que limpiar los vidrios opacos para mejorar la iluminación interior de día. Las imágenes se habían ubicado en las exactas posiciones que correspondían a la mejor luz. Prácticamente había que limpiar una vez por semana porque el aire de la ciudad transportaba misteriosas sustancias que evidentemente se adherían a los vidrios. ¡Por eso tanto producto de limpieza! Su mente preparaba para pensamientos conceptuales ya comenzaba a enfilar hacia cuestiones delicadas cuando escuchó con nitidez el sonido del teléfono. Pero no era el celular que prácticamente llevaba siempre encima sino el fijo. Le gustaba hablar parado y lo había puesto en la repisa del gran armario donde se custodiaban los paramentos. Atendió enseguida. Era una vecina que conocía que lo llamaba para una vecina. El marido, enfermo, hacía varios años, quería verlo. Demetrio, prudente, no quiso preguntar si se trataba de una unción o confesión. No cambiaba su deber. Conocía el departamento. Iría esa misma media mañana. La mujer agradecida le dijo que lo esperaba.

Demetrio salió para ver al enfermo. Ya era su costumbre dejar la iglesia en custodia a los dos muchachos. Habían cambiado mucho los tiempos. Cuando lo ordenaron le habían recomendado una y mil veces nunca dejar sola a su parroquia. Pero estos no eran los tiempos en que lo habían ordenado. Tarde o temprano iba a hacer lo que recomendaban Carmen y Rodolfo: poner cámaras. Seguramente era lo mejor. Lo podía seguir por la misma pantalla del celular con la aplicación de la compañía instaladora. Demetrio se resistía por una cuestión de concepto. Eso era desconfiar de la gente. Era mejor, más disimuladamente aceptar la ayuda de Rodolfo con sus muchachos. Igual Demetrio sabía que moralmente no era muy diferente.

Llegó al departamento, saludó al encargado, que conocía hace años y veía casi todos los domingos con su linda familia y subió al departamento.

Quedó acalorado por la calefacción alta si bien no hiciera frío. La señora le comentó antes de llevarlo a la habitación del enfermo que el hombre estaba en un mal momento, a pesar de que el médico que había venido antes no encontraba los análisis ni peor ni mejor.

—Está raro —dijo la mujer. Se notaba que estaba desgastada por la larga enfermedad del marido pero Demetrio nunca la había escuchado quejarse. Una persona admirable.

Entró a la habitación. La mujer lo acompañó pero al poco rato salió. El hombre estaba sentado y no parecía estar pero que la última vez que lo había visto. El cura no le tenía particular simpatía por lo que se obligó a la mayor humildad posible. Él se quedó de pie, el otro se incorporó un poco. Parecía querer levantarse. Demetrio se dio cuenta pero no sabía qué hacer:

—¿Lo ayudo?

—No, gracias.

—Me quiero sentar a la mesa y que reciba mi confesión.

Al cura no le encajaba bien el modo que había usado el hombre. En realidad no podía recibir la confesión sino solo oírla. ¿Quién sabe qué habría querido decir? A veces los enfermos le pifian a algún concepto y no se dan cuenta. El otro se levantó y, como pudo atrapó la silla y se sentó. Quedó ubicado cerca de la cama, pero sentado a una mesita como las que se usan para el juego de cartas, con paño verde y bordes de madera. Faltaban las cartas. Sin más el cura se sentó también, en el costado porque el otro costado estaba pegado a la pared y frente al enfermo sentado estaba la puerta. Allí estaban en silencio cuando el hombre dijo que quería una confesión.

—Con todas las formas y de acuerdo a liturgia.

—Usted que es joven, por favor cierre la puerta que había quedado entreabierta.

Entonces comenzó. Demetrio hacía movimientos con la cabeza, pero no estaba asintiendo ni disintiendo, ni muy impresionado ni poco. Escuchaba. El otro hablaba con tono bajo y monótono. Al fin terminó.

Demetrio le recomendó oración.

—¿Qué tengo que rezar?

Demetrio lo dejó en libertad de elegir. Era una cuestión compleja que siempre lo había complicado. Dependía de su percepción evaluar el sincero arrepentimiento del que se confesaba. En fin de cuentas lo que él otorgaba era una absolución teórica, dada sobre la base de su impresión sobre el arrepentimiento y el propósito de enmienda que era muy difícil de verificar. Le repitió formulismos en latín y se levantó para irse.

El enfermo le preguntó:

—¿Me absolvió por mis pecados?

—Creo en su arrepentimiento y en su propósito de enmienda aunque no lo puedo verificar.

—¿Entonces no deberían esperar ustedes que yo reparara el daño y no repitiera mi conducta de pecado?

—Cuando el derecho estaba unificado podía ser así pero están bien separados pero hace centenares de años que cada uno va por su lado. La absolución religiosa sigue la teología del perdón pero no elimina la responsabilidad penal o jurídica.

—O sea que sigo siendo culpable.

—Lo que está mal hecho, hasta que no se repare según la ley de los hombres, mal hecho queda.

Demetrio estaba incómodo con ese tema y se estaba enredando en explicaciones que no podía dar.

—Volveré pronto.

Salió como si estuviera apurado y más que irse se escapó.

Lamentablemente el asunto salió con su cabeza también y por más que cambiara de ambiente el tema no lo podía dejar. Ni santo Tomás, ni el segundo concilio de Lyon, ni el catecismo dicen que la confesión es un sacramento habían logrado convencerlo sobre este sacramento, el de la penitencia. En realidad comprendía bien la necesidad de la penitencia, lo que le costaba era ser el sujeto que la determinara. Se daba cuenta que no era un protestante y que su misión era hacer frente a ese desafío. Pero no lograba asumirlo en profundidad. Su impulso inmediato era denunciar, en el caso que se trataran de delitos, ante la justicia. Obviamente eso estaba severamente prohibido por el canon 983.1, con castigo de excomunión hacer semejante cosa, como ir a contarle a un juez descubriendo al penitente. Por las dudas el canon 1388 lo prohibía expresamente. Pero el código de derecho canónico...

Se quedaba siempre trabado en ese punto. No podía contradecir el Código que se había sancionado un siglo antes sobre la base de doctrina y sobre todo del magisterio. O sea lo obligatorio.

En su larga vida sacerdotal no le había pasado muchas veces y todas habían sido delitos económicos, como el de ahora, estafas, trampas y perjuicios de dinero a parientes, maridos o esposas e inclusive hijos. No quiso ni preguntarse si alguna vez le tocara un violador o peor aún un pedófilo. Estaba sentada en la oscuridad de la iglesia vacía, salvo el muchacho sentado vigilante en una de las últimas filas.

Se puso de pie ante la oscura estatua de madera de san Carlos Borromeo y prometió que aunque lo excomulgaran si le tocaba escuchar alguna confesión de esos delitos sexuales o de violencia lo iba a denunciar. De inmediato también le rogó a santa Teresa que nunca lo pusiera en semejante situación.

Demetrio, se quedó en la oscuridad oprimido por preguntas, dudas e interrogantes. ¿Importaba realmente si el hombre reparaba el daño? Sin duda. Eso era algo que se podía hacer. Tontamente se había ido como un cobarde ante su propia conciencia cuando había ida para ayudar a otro.

El día después volvió, el hombre se había muerto. No era momento para declaraciones ni planteos.

Varias semanas más tarde, la viuda, que había visto aquellos dos días para la confesión del marido y luego muy seguido en las misas pidió una reunión con él. Tenía algo que contarle.

Demetrio la recibió antes de la misa vespertina.

La señorita Irene busca algo

En los últimos meses, casi todos los días, asistiendo a la misa vespertina, aparecía la señorita Irene.

Algunas veces venía antes, diciendo querer confesarse, y, siempre, se quedaba hasta que Demetrio cerraba la iglesia. Demetrio, párroco de Santa Teresa, la iglesia en cuestión, empezaba sentirse incómodo. No era la primera vez que le pesaba, pero, sea que la última vez había sido hace ya varios años, sea que no esperaba a su edad estar de nuevo en esa situación, el asunto no lo dejaba tranquilo.

Sonó el teléfono y Demetrio identificó el número de su amigo Julián. Su cara seria permitió una sonrisa. Saber que Julián estaba por llegar de visita le cambió el humor.

—Venite. Ya terminé el trabajo de la mañana. Podemos almorzar.

Quedaron en almorzar en la misma sacristía porque Demetrio, aun confiando en los muchachos que mandaba Rodolfo para ayudarlo y controlar, ni quería dejar la iglesia vacía o sea sin él, único sacerdote nombrado allí. Sin cura. Pensó sonriendo.

En la cocinita tenía huevos y ensalada, prepararía unas *omelettes*. Seguro Julián traería algo.

Fueron compañeros en el seminario. Pero el dejó antes de la ordenación. Armó una familia grande, se dedicó a los negocios de inversiones, sin dejar de lado, cosa curiosa, el estudio de la filosofía natural. En el misterioso, para Demetrio, mundo de las matemáticas.

Cuando llegó Julián, que trajo excelente queso y jamón crudo, Demetrio tenía todo preparado. Acercaron la puerta de la sacristía y pusieron todo sobre el pequeño pupitre.

Por lo general el amigo era más bien escéptico y el sacerdote disciplinadamente optimista y esperanzador.

Tenían mucho que conversar. El cura arrancó con lo primero que tenía en la cabeza.

—Te quiero contar que de nuevo tengo encima la que llaman «la novia del cura».

—Ja, ja, ja.

—Hacía tiempo que no aparecía. Un clásico.

—No te rías. Sabés que es un incordio.

—No usés términos tan anticuados. ¡A ver si se te desnuda acá adentro encantada por tan fino caballero!

—No va a alegar a eso.

El cura alejó con un gesto la imagen.

Y agregó, flemático y serio:

—Bueno, tampoco es para tanto.

—¿Qué sabés de ella?

—Cuanto menos, mejor.

—Debe tener unos 30 años y es atractiva —apuntó el cura, mostrando las palmas de la mano, con resignación.

Ese comentario movilizó a Julián.

—Esa es una de las razones por las que me fui.

—¿Cuál, las mujeres que aparecen de vez en cuando y te tientan? —dijo Demetrio, irónico.

—No. Esa es una consecuencia. Me alejé también por la cuestión del sexo. La falta de sexo es antinatural.

—A mí no me afectó, por lo menos creo.

El cura se quedó pensativo.

—Siempre pensé que el ministerio es un servicio, una disciplina como otras. También podés estar con una mujer y querer tener sexo con otra u otras. Es un instinto que de todas maneras disciplinás.

—Eso es verdad también, Demetrio —agregó Julián con un suspiro de comprensión.

—¿Qué vas a hacer con ella? ¿Se llama Irene decís?

—Sí, se llama Irene. Las paradojas de la palabra, vino a alborotar mi paz como el origen griego de su nombre.

—Un chiste malo, Demetrio.

—Bueno, pero la cosa es que algo voy a hacer. No quiero que sufra, ni tampoco, meterme en algo que yo no quiero.

—¿Cómo sabés que no querés?

—Estoy seguro, como lo estuve antes.

—Si fuera un filósofo como vos estaría loco de dudas pero soy un simple cura.

—Ja, ja, ja —rio con ganas Julián, atacando el queso y haciéndolo fluido con un buen trago de tinto.

Hablaron de muchas cosas, menos de Irene, hasta bien entrada la tarde. Por la puerta apenas entreabierta Demetrio vio entrar al grupo de mujeres del rezo del rosario.

—¡Las del rosario! ¡Tiempo de irme! —anunció Julián, que también las observó. Su tono de voz era bajo y profundo.

Al rato al finalizar el rezo, con sincronización de años, Demetrio celebró la misa vespertina. Desde el altar confirmó también que, infaltable, había venido Irene.

La miró bien desde su punto de vista. Era, sin duda, una mujer atractiva. No estaba mal observarla.

El cura había hablado bastante con ella, dentro y fuera de la confesión. Pero, estaba seguro no había llegado a conocerla a pesar de las tantas cosas de su vida que ella le había contado.

Esta vez, terminada la misa, Demetrio tomó la iniciativa.

—Irene, vení a la sacristía. Hablemos un poco.

—Hablemos libremente.

Al principio la joven planteó ciertas búsquedas metafísicas.

—Dejemos el verso para otro día —la cortó Demetrio.

La mujer paró en seco. Lo miró con cara de carnero degollado. El cura temió se pusiera a llorar y la atajó.

—¿Tenés problemas o dudas religiosas?

—Creo que no —admitió. Con esa afirmación pareció recuperar cierta compostura.

—Decime en qué te puedo ayudar. Dejo la liturgia de lado. Contame.

Irene habló. Media hora, luego otra media hora. No paraba de hablar.

Demetrio sentía la emoción de la mujer. Cuando empezó a sentir su sensualidad, una luz de inteligencia lo alumbró y le dijo,

—Te voy a llamar señorita Irene. Creo que es bueno lo que te está pasando pero no sé si logro explicártelo de modo simple.

Demetrio pensó que si estuviera en su lugar Julián seguro encontraría un modo más directo y esencial para decirlo. Pero lo que tenía en ese momento y lo soltó así.

—Algo que la señorita Irene lleva buscando desesperadamente todo el tiempo en realidad no existe.

Ella se quedó muda. Demetrio podía escuchar su cerebro crepitar. Al cura también la cabeza se le iba y todo el ambiente empezaba a sentirlo irreal. Pero no dudó. Había que cortar el asunto.

—Ven, hija, te daré un abrazo fraterno.

Ese paso fugaz pero emotivo hizo arrancar a los dos su propio camino.

—¡No dejes de venir a misa, señorita Irene! —alcanzó a decirle cuando ella se iba.

—Buscar lo que en realidad no existe siempre nos va a identificar como personas —contestó Irene con una bella sonrisa.

La culpa

Las últimas noches, Demetrio había dormido mal. Se despertaba inquieto y se quedaba pensando. El pensar lo mantenía alerta. Porque lo que pensaba lo ponía nervioso y los nervios lo empujaban a una tensión que empeoraba la situación.

A la mañana se levantaba cansado y en un estado de ansiedad poco frecuente en él. Siendo párroco de la iglesia de Santa Teresa, los nervios eran muy malos consejeros y la ansiedad podía generar desconfianza y preocupación a los que venían a verlo. Eran los fieles o feligreses, porque pertenecían a esa parroquia. Ya eran pocos, si lo encontraban alterado, los espantaría para siempre.

Estando en esas turbias reflexiones, se sentó, una vez abierta la iglesia, en la silla dura al lado del pupitre, en la sacristía. Se preparó un té.

Era temprano y hacía frío. Apareció Rodolfo con dos de sus muchachos como todas las mañanas a la apertura el templo. Lo ayudaban a custodiarlo. Como siempre, ellos se sentaban en los bancos cerca de la puerta de entrada. Los vio a lo lejos a través de la puerta abierta de la sacristía. También observó que la inconfundible figura de Rodolfo venía directo hacia él.

—Hola, Rodolfo, ¿cómo estás?

—Bien. Con frío pero bien.

En unos minutos el visitante, amigo de Demetrio y uno de sus principales colaboradores comprendió que el cura no estaba en un buen momento.

—Estoy durmiendo mal.

—Algo me trabaja en la cabeza.

Rodolfo lo escuchó y se puso serio.

—Mirá, vamos por descarte para ver lo que te aflige.

Para ayudar al amigo le iba a dar tiempo mientras el avanzaba en su razonamiento y se pudieran encontrar en algún punto del desarrollo.

—En pocas semanas organizaremos las jornadas sobre la familia e inauguraremos la renovada sala parroquial.

—Algo de plata te debe quedar de lo que te regaló Ernesto.

—Queda familia y salud y...

—No es familia ni salud —lo cortó el cura.

—Dejá la indagatoria.

—Y…

—¿Y qué?

Rodolfo se acomodó, robusto como era, bien pegado al respaldo de la silla.

—No quiero pensar que tenés un problema con una mujer.

Antes que Rodolfo pudiera seguir, Demetrio dijo:

—Me comporté injustamente y egoístamente, yo, que soy cura, que tengo que estar al servicio de los demás. Eso es lo que significa el ministerio al que consagré mi vida.

—¿Con quién? —fue la obvia pregunta del amigo.

—Con una mujer. Con una persona que acudió a mí con confianza y apertura. Hice el mal pensando hacer el bien. Como si quisiera sacarme de encima la molestia.

Y, con un profundo suspiro, agregó:

—Lo hice por cobarde y miedoso.

Demetrio decidió no tener tanto misterio ni secreto con Rodolfo, que era muy intuitivo y tal vez hasta terminara pensando las cosas peor de lo ya malas que eran.

—¿Sabés lo que me toca? ¿Entendés cuál es mi castigo?

Rodolfo hizo un gesto para mostrar que lo escuchaba con atención.

—En lugar de hablar y sermonear tengo que ser humilde, arrepentirme y ser perdonado. He sido injusto. No he sabido escuchar.

Con un suspiro miró hacia el techo y dijo con lentitud como si estuviera filosofando.

—Lo peor para un cura es la conciencia del mal. Y para un hombre que es cura lo peor es el síntoma de la culpa por el mal.

Y casi sin respirar siguió:

—Después de tantos años es como si no supiera cómo hacerme perdonar. Tal vez ni siquiera cómo pedirlo.

—¿Era esa mujer que venía siempre?

—Sí, la que venía antes del grupo del rezo del rosario y se quedaba a la misa y después.

—¿Quería ser, como dicen, «la novia del cura»? ¿Se tiró lances?

—No, para nada. Fui yo que para defenderme y sacármela de encima, la traté como si lo fuera. Pero estoy seguro de que me equivoqué. No lo era. Cada vez que lo pienso me convenzo más de lo torpe y soberbio que fui. Un acomodaticio.

»Nunca la escuché, con el corazón abierto, con generosidad. Dejando que expandiera su sentir. Saliera lo que saliera.

—¿Le tenías miedo a una posible atracción?

Rodolfo, de modo simple, había nombrado la idea insoportable.

Demetrio deglutió lo que le quedaba del té como si fueran las propias leyes de la atracción, los eternos rollos esculpidos por la naturaleza rebelde. Se quedó mirando los vidrios opacos, como si se lo estuviera por engullir la misma tierra. Había tenido miedo. Un insoportable miedo del que solo había tenido sospechas, intuiciones, que ahora debía superar o por lo menos encapsular.

Rodolfo no le seguía bien los dos razonamientos, el del mal a Irene y el de su miedo. No estaba para tantas vueltas. Pero quería ayudar al bueno de Demetrio.

—¿Vino estos últimos días? —preguntó Rodolfo para extraer a Demetrio del pozo en que parecía haber caído.

—Para peor parece que ya no viene. La lastimé. La espanté. Soy un torpe.

Sonó el teléfono de Rodolfo y para Demetrio fue un alivio. Cuando terminó la conversación el cura había tomado la decisión.

—Rodolfo, por favor, vos que tenés tantos contactos en el barrio…

—Escribime el nombre y el apellido que voy a hacer todo lo posible.

—Es que los curas tenemos que aprender a escuchar para ayudar. Ver el punto de vista del otro desde el otro no desde el nuestro. Aunque nos inquiete y nos metamos en nuestras propias honduras tenebrosas.

—Toda la vida se necesita mejorar y aprender.

Rodolfo se fue convencido que tenía que encontrar a Irene por ella y por Demetrio. Su amigo estaba enredado en un laberinto.

Pasó un día, pasaron dos y tres, en el cuarto apareció Irene.

Durante ese tiempo Demetrio había pensado y vuelto a pensar lo que iba a decir.

Cuando llegó Irene, poco después del mediodía, se sentaron en la sacristía, el párroco preparó el té y lo trajo.

Al fin, arrancó con lo que quería.

—Irene, tengo que pedirte disculpas, por favor, empezá de nuevo, si podés. Estuve equivocado y ahora quiero escuchar sin interrumpir, todo, hasta lo que te costaba decir y yo tontamente silencié. No te voy a interrumpir. Tal vez no tenga una conclusión concreta, pero de algo estoy seguro, te escucho,

Rodolfo le había contado muy poco de la razón por la cual le había pedido si por favor podía volver a ver al párroco. Le extraño que le dijera que él la necesitaba.

Irene sonrió y tomó delicadamente la tacita.

Demetrio la miraba a los ojos. El cura, era al fin, cómplice de sus propios miedos. Entonces ella con voz calma, tomado el primer sorbo de té, empezó a hablar.

Irene, la destemplada

Desde que era chica la trataban de destemplada. Así fue que, ya grande, las vicisitudes de la vida, la habían llevado a pensar que el término era correcto. Casi un apodo, Irene la destemplada. Al principio se rebelaba, no tanto al calificativo en sí, sino a que no se comprendieran las circunstancias por la que le aplicaban esa etiqueta.

Sus padres eran jóvenes cuando nació, tal vez demasiado. O quizás influyó que tras ella vinieron cinco hermanos.

Siendo niña no manifestaba particular inteligencia ni belleza, aunque avanzaba progresivamente y sin problemas en la escuela. Seis eran muchos. Irene creció ayudándolos. Era un grupo grande y alborotado, por eso ella maduró sola.

Con el tiempo su cuerpo se desarrolló con favor y gracia, su mente lo acompañó con equilibrio. Superó los estudios universitarios con fluidez y cuando quiso se recibió y empezó a trabajar. En la casa quedaron los padres y los hermanos. Cambió de ciudad, se estableció en Buenos Aires, lista para iniciar su vida profesional.

—Esa fue mi vida.

»Directa, simple, sin vueltas.

—¿Y la vida sentimental? ¿Los novios?

—Picoteando un poco. Pero al fin nada estable. Una mezcla de entretenimiento y curiosidad.

—Mi madre me dice que soy una destemplada.

El cura, hasta ese momento, había escuchado y entendido todo, o así creía. Ante ese comentario se dio cuenta de que algo faltaba. ¿Mucho? ¿Poco?

—¿Por qué te lo dice?

—Porque siento malestares y nunca sé por qué.

—¿Qué malestares? —preguntó sorprendido el cura.

—Duermo poco, me duele la cabeza a cada rato, no tengo un novio fijo, no sé bien qué quiero de mi vida.

El sacerdote, Demetrio Deal, ahora definitivamente inquieto, pensó que el asunto se estaba poniendo serio. Pero tampoco tenía claro por dónde empezar.

Eligió ganar tiempo.

—¿Sos católica?

—Soy bautizada pero no practicante.

—Pero has venido muy seguido a misa, te confesaste, comulgaste.

—Es cierto, pero para saber cómo me podía sentir. Nunca lo había hecho.

—¿Y cómo te sentís?

—Destemplada.

—Ja, ja, ja, ja.

—Quiero decir que me siento bien por un momento y luego se me pasa. Me pregunto para qué vine. Pero no es muy complejo. Simplemente vine.

Demetrio se preguntaba lo mismo pero trató de no demostrarlo.

—¿Vos no sos psicóloga?

—Es verdad.

Cuan largo era Demetrio se acomodó en la silla dura en la sacristía, mientras pensaba que decir.

Ella lo anticipó.

—No soy ninguna destemplada. Soy una persona normal, de 30 años.

Fue en ese preciso momento que el cura la interrumpió.

—En cierto sentido, Irene, lo que buscás no existe.

—No existe pero existe —replicó Irene.

—¿Qué?

—Dios existe pero no lo vemos.

—Vemos sus signos, su obra —apuntó Demetrio.

—Dejame terminar —le dijo ella.

—Dios existe pero no lo vemos, lo sentimos o tal vez lo imaginamos.

Demetrio iba a replicar esto último, pero Irene siguió. Así debían ser las destempladas razonó el cura con poca convicción.

—Yo, Irene, la destemplada o no, te cuento algo.

El cura, que se había sentado bien derecho, se volvió a estirar, como quien espera una barbaridad.

—No esperes locuras de mí. Esto te voy a contar, algo tan simple como que voy a seguir viniendo.

—Me gusta hablar con vos, Demetrio.

Sin sonrojarse, algo más relajado, le dijo:

—Entonces tengo una idea.

—¿Cuál?

—Primero una pregunta. ¿Tenés consultorio?

—Sí, acá cerca.

—¿Querés ayudarme? Así, de paso, vas conociendo más y más este asunto de Dios y la religión.

Y agregó:

—Así de paso seguimos hablando.

—¿Cuál es la idea? —preguntó con curiosidad Irene.

—Me vas a ayudar haciendo consultorio abierto para asistir a quien lo necesite.

—¿Trabajar gratis?

—Aprendizaje, Irene. Aprendizaje.

—Probemos —dijo ella en voz baja.

—Mañana a la tarde para esta hora, vení, que lo hablamos con Carmen y Rodolfo. Mis grandes ayudantes y colaboradores.

Ambos pensaron lo mismo pero se cuidaron bien de decirlo. ¿Adónde conduciría esto?

Postcuarentena

Nuevos tiempos, nueva normalidad

Era un día antes de la fiesta de la Trinidad, una semana después de Pentecostés, tras los 50 días litúrgicos posteriores a la Pascua de resurrección. En la cabeza de Demetrio Deal, párroco de Santa Teresa, flotaban desordenadamente distintos y variados pensamientos. La invocación tradicional al Espíritu Santo que debía ser su principal camino de salvación y principio de acción yacía aletargada en algún lugar de su memoria. Pero no era un lugar cercano aun faltando poco más de un día para que celebrara su solitario oficio. Siendo el mes de mayo, casi en los finales, el frío había caído sobre la ciudad. Eso no era nada nuevo porque ocurría todos los años, sin embargo, Demetrio, también por eso se sentía alterado.

El 2020, cruzado y aplastado por el virus del covid-19 se llevó un año de su vida y la atención de la mayoría de sus fieles. A alguno además también los envió a la vida eterna. Pocas fueron las misas y escaso el trabajo de su ministerio durante ese terrible año e inútiles las diversas soluciones que había intentado. Usar el atrio de la entrada, al aire libre, conectarse a la misa en video grupo, convocar personas respetando los más variados protocolos, nada había funcionado. Ahora ya casi promediando el 2021 las cosas seguían igual o peor en cuanto a las restricciones para evitar los perversos contagios. Además, debido a ellas, sus consecuencias. Estas eran malignas porque afectaban más a las personas de mayor edad que eran buena parte de sus feligreses. Los amigos de la cooperadora, con Rodolfo a la cabeza lograron ayudarlo, por lo menos en la limpieza del templo y la sala trasera, también en la reposición del pasador de bronce que tiempo atrás robaron en la escalinata. El actual, de madera pintada, no era tan majestuoso como el anterior, pero cumplía su función. Mas no alcanzaba esa pequeñez, para ayudarlo desde la estética a cumplir su misión espiritual.

En la mente del padre Demetrio, que se encontraba mitad camino entre los 60 y los 70 años comenzaba a pesarle la situación de la Iglesia o por lo menos como la veía él. Con el coronavirus, aún peor. ¿O eran quizás las limitaciones de esa peste las que le mostraban algo peor de lo que era? ¿O es que poniéndose viejo le faltaban energías para enfrentar nuevas realidades? ¿Qué pasaba por su mente? Demetrio siempre consideró que los sacerdotes, al envejecer, iban perdiendo las pulsiones, tan eficazmente enumeradas en los pecados capitales. Soberbia, avaricia, lujuria, ira, envidia, gula y pereza. Por lo menos en esa respuesta inmediata y casi refleja, su memoria no estaba tan mal. Claro que, para el estado religioso, como el de él, cada infracción era mucho peor, bien lo sabía. Nada de eso lo que lo angustiaba, no eran las tentaciones ni las pulsiones ni nada parecido. Era algo mucho más grave y no era personal ni individual, ya que las tentaciones, a quien más quien menos. le cabían a toda la asamblea de Dios, a todos los miembros que formaban la Iglesia.

Esto era distinto. Este largo período de restricciones por el virus con sus silencios y sus reflexiones, pero especialmente sus miedos, habían generado, activado, materializado una realidad que afectaba profundamente hasta los cimientos de la propia Iglesia. No era algo que no existiera antes, sino que ahora era la manifestación formal y tangible de la pérdida, la carencia, la situación anómala, se había agravado. En desesperada síntesis, se trataba de la caída vertical de la religión, la desafiliación, los practicantes que eran cada vez menos, la cada vez menor visibilidad de la palabra de Dios. ¿Qué parte le tocaba a él? ¿Había una culpa que correspondía al presbítero Deal? Solo pensarlo le dio terror. Por supuesto que aceptaba el ecumenismo y no pretendía que todo el mundo solo considerara ser católico, no lo era en absoluto, no solo porque fuera incorregible soberbia. El asunto es que la sociedad toda ya no le daba bola a la religión. Le salió esa expresión, así de vulgar, pero así de espontánea. Estiró los brazos como para alejar esos pensamientos. Pero no se iban así nomás.

Como todos los días estaba sentado en la sacristía, en su vieja silla de madera que hoy sentía especialmente dura. No estaba gordo, pero se crujía al moverse, debía arreglarla. Se distrajo con eso. La dio vuelta y encontró que una de las tuercas estaba floja. Tanta angustia tenía que la ajustó con la fuerza de los dedos. También observó que la madera estaba astillada en varios lugares y probablemente se transformara en breve en una rajadura, incontenible. La silla no duraría mucho. Como si fuera una horrible metáfora de sí mismo su querida iglesia.

Es normal tener crisis de fe. ¡Hasta los santos la tenían! Precisamente, muchas veces, su santidad no provenía solo por razón de ofrenda extrema de vida tras horribles torturas en sagrada inocencia, sino por haber superado vidas disipadas y crisis de fe, antes de probar con sus milagros la intercesión divina. Le vino a la mente la juventud sensual de san Agustín en Cartago o la de san Francisco en su natal Asís. Pero esto no tenía nada que ver con lo que le pasaba a él. Nunca vivió esa situación, ni siendo joven ni luego mayor. No eran las tentaciones de los siete demonios las que lo acosaban.

Igualmente estaba viviendo estos tiempos con angustia. Rodolfo, su colaborador de los amigos de la parroquia le contó sobre las amargas experiencias de tantas personas que perdían su trabajo o peor aún enfermaban o morían ellos o sus parientes. Justamente el no poder estar al lado de ello, propiciar su tránsito en paz, administrarles el óleo pacificador a los enfermos, era lo que lo atormentaba. ¡No lo pedían! Eran pocos y cada vez menos los que solicitaban la asistencia sacerdotal. ¡Qué tiempos! La Iglesia formidable en sus construcciones y testimonios de historia iba lentamente saliendo de la agenda de la sociedad y marchitando sus maravillosas flores.

Su vida austera no lo asustaba y tampoco lo había cansado. No deseaba el dinero sino para la restauración de varias capillas, para las reparaciones cada vez más necesarias, aparte la silla. Inclusive para la ayuda de sus vecinos. Cuando su mente fue describiendo eso, tocó alguna cuerda imaginaria de su inteligencia y de improviso se presentó, en toda su desalentadora dimensión, cuál era la profunda naturaleza de su problema. Un vago temblor lo recorrió de pies a cabeza. Obviamente no tenía ninguna solución.

Reaccionó y fue a rezar ante el Santísimo. Que es lo que corresponde canónicamente porque además estaban en perfecta fecha. Luego pasó ante la imagen bastante descolorida del mural de santa Teresa. Cuántas mayores dificultades la santa de Ávila pudo superar y dejar entre tantos frutos el extraordinario legado de la Orden de las Carmelitas Descalzas. ¡Y eso que vivía aquejada por enfermedades y padecimientos físicos! Pero él no podía ni compararse, además, para colmo, su salud era buena. La angustia afectaba su sentir, su diario vivir, presagiaba malos futuros. Se levantó y dejó el altar mayor para ir hacia la primera capilla e inclinarse ante san Carlos. El poderoso y piadoso Borromeo. ¡Qué bien le vendría una persona como él ahora!

Pasó la mañana y gracias a la continuidad del rezo recuperó un mejor equilibrio. La Iglesia, o por lo menos esos grandes santos habían pasado situaciones peores. ¿Quién era él, un simple cura de ciudad, para dejarse llevar por mareos y confusiones mentales? Al ponerse de pie y ver el portón de la iglesia cerrada y todo el amplio ambiente vacío y frío, una oleada de pesar se apropió nuevamente de él. Pero hizo un esfuerzo y volvió a su lugar, frente a la mesita, en la sacristía. Usó el celular para enviar mensajes de fe y esperanza a sus contactos. Ya llevaba varios en lo que no recibía respuesta, si bien aparecían como recibidos. Hizo algunos llamados interesado por la salud y para estar presente. Por supuesto que algunas personas, sobre todo un grupo de ancianas le contestaron. Sin embargo, muchas eran las quejas y la pesadumbre y él se esforzaba por tener una contemplación y una esperanza que en realidad no sentía.

Llamó a Rodolfo, pero estaba ocupado en una videollamada. Se acordó que el mismo apreciado colaborador le había organizado un encuentro digital grupal para las 14. Faltaba poco, una hora y pico. Aprovechó para revisar si la misa matinal que había registrado en un video, estaba correcta. Sabía que teológicamente no podía juzgarlo, pero por lo menos controló la edición. Satisfecho, pero sin optimismo la cargó en las redes. Lo que le había explicado Rodolfo. Se fijó en su agenda en el celular y luego corroboró en la que llevaba en papel. Efectivamente a las 17 tenía la entrevista con su superior, el obispo auxiliar. Ya no se acordaba porque razón la había pedido, luego le vino a la mente. Lo habían convocado y se iban a encontrar en la sede de la conferencia episcopal, así que era cerca, para ir caminando.

Comió algo que tenía en una cajita de plástico en la pequeña heladera, sin calentarlo. En efecto no le supo a nada y le cayó como una plomada en el estómago. Ayudó algo el té que se hizo de inmediato, con el primer hervor del agua.

Por las dudas se conectó con su pequeña computadora algo antes de las 14, no quería llegar tarde. Rodolfo le había organizado todo el encuentro. Pero no eran muchos los asistentes. Igual se esmeró lo que pudo. Había preparado un texto que les leyó sobre la importancia del momento para todos los católicos, la llegada del espíritu santo y la salvación en manos de los hombres. La fiesta más importante de la Iglesia después de Navidad y Pascua. Le daba la impresión de que lo escuchaban con cierta pasividad. Cuando sus predicaciones o aún homilías o tan solo sermones eran con la presencia física podía percibir el grado de entendimiento del auditorio o por lo menos si existía conexión entre ellos y él que estaba hablando. El modo digital era engañoso. Confundía. De pronto alguno apagaba la cámara u otro parecía mirar para otro lado. En efecto cuando terminó prácticamente nadie preguntaba nada. En ese instante se le ocurrió la sensación que percibía cuando lo miraban: le tenían paciencia. Era eso, solo paciencia, como si hablara de asuntos abstractos, lejanos, hasta fantasiosos. A algunos los conocía y otros no. Eran pocos, no más que siete u ocho. Rodolfo estaba sonriente, pero se apresuró a hacer alguna pregunta. Pero Demetrio comprendió que lo que él decía pasaba liviano, para no decir que tal vez no interesara. Mientras hablaba sobre el tema y trataba de explicar el misterio de la trinidad y la importancia del espíritu santo, se preguntaba si tenía idea de cuáles eran los problemas que esa gente podía estar pasando. Demetrio no era tonto, sabía que les faltaba vivienda, por eso debían ser todos de la casa ocupada por Rodolfo. Estaban colgados de los servicios públicos, tampoco debían tener trabajo. De allí en adelante toda la enormidad de problemas que aquejaban a la gente. ¿Qué podía decir? Al rato se dio por terminada la videollamada. Demetrio se preparó para salir.

Afuera hacía frío, había un viento molesto y poca gente por la calle a pesar de estar apenas oscureciendo. El obispo lo esperaba. ¿Qué querría? No se acordaba de que cosa tuviera pendiente. Repasó una vez más todas sus rendiciones y creía que no faltaba nada. En realidad, en ellas decía que faltaba todo, pero no pensaba lo pudieran resolver. Ya conocía a su superior.

Lo estaba esperando. Lo hizo pasar a un pequeño ambiente. Sin razón alguna Demetrio supuso que hubiera sido alguna vez la salita para costura. Se molestó consigo mismo por pensare n tales frivolidades. Ambos se sentaron en unos sillones bastante duros, pero dentro de todo cómodos. El otro comenzó a hablar, tras los saludos del caso. Demetrio escuchaba. Habrían pasado unos 15 minutos y el otro seguía su discurso. En síntesis, le explicaba que había leído su rendición y reporte. Le recomendaba que siguiendo las instrucciones lo que tenía que hacer es hacer participar a los laicos, cada vez más. Un discurso que había escuchado más de 100 veces. Era además lo que marcaba el concilio segundo que ya llevaba más de 50 años. En fin, de cuentas ya no quedaba otra que recurrir a los laicos porque faltaban religiosos. Era la necesidad más que el magisterio. Demetrio escuchaba con paciencia. En un momento comprendió que esa misma paciencia era la que había percibido que con la que lo escuchaban a él un rato antes en la videoconferencia. Un rubor fuerte le subió a su cara. La represión mal contenida lo iba a desbordar. Entonces lo interrumpió.

—Disculpe que le manifieste la opinión de un modesto cura de parroquia. Los laicos están con otras necesidades. ¿Qué le puedo decir a los de mi barrio si la iglesia está casi siempre cerrada y cuando la abro parece que se viene abajo?

El otro puso las manos sobre el regazo y pareció estar pensando. Pero antes que hablara nuevamente Demetrio agregó.

—Creo que a ningún laico le interesa la parroquia de Santa Teresa. O tal vez yo ya no pueda estar a cargo de tanta responsabilidad.

El otro seguía meditando sin hablar. Demetrio volvió a tomar la palabra.

—Necesitamos creyentes de verdad, no alcanza con que solo sean laicos. Como vocaciones escasean entonces recurrimos a los laicos. Pero no es solo la participación de los laicos como principio. Por más que lo diga el magisterio. Es el compromiso el que falta. O no sé qué. Me supera.

El obispo levantó la vista y lo miró a los ojos. Demetrio no comprendía si le quería decir algo o era que esperaba se despachara de una vez y se fuera porque efectivamente no tenía mucho para agregar. Fue en ese momento que el visitante logró redondear una idea, que tal vez fuera una de las que lo angustiaban.

—La participación de los laicos es una cuestión tristemente cuantitativa. Al no haber religiosos, no nos queda que recurrir a ellos como ajuste. Lo que está ocurriendo que hay una indiferencia creciente hacia la religión, la Iglesia se achica cada vez más. Es una carrera entre menos vocaciones, achique de estructuras, falta de dinero y aparición de laicos para hacerse cargo.

Entonces el otro levantó la mirada al cielo, en realidad al cielorraso y dijo con gravedad.

—Son los nuevos tiempos. Aparte la pandemia esta que vino a agravar la cosa. No se olvide, padre, del mal menor. Esperemos que pase y tratemos de adaptarnos a la nueva normalidad.

Demetrio se quedó mirándolo algo incierto. No entendía del todo si le estaba diciendo algo concreto o algún formulismo para sacárselo de encima. El obispo no era tampoco un improvisado y sabía leer la mente con buena aproximación.

—Tenga cuidado que los laicos que se le acerquen no estén buscando un conchabo y con esa escusa le propongan vender ese inmueble donde está la parroquia. No es la primera vez. Así perdemos todo.

A Demetrio se le heló la sangre. La angustia se transformó en horror.

—¡Nadie me dijo nada de eso! ¡Sería un sacrilegio, una traición!

Demetrio estaba escandalizado. Pero el obispo no. De hecho, le dijo:

—¿Ve, mi querido Demetrio, que siempre vivimos con amenazas peores que la actual? Ya volverá la normalidad para nuestra Iglesia. La nueva normalidad.

La mente del curita trabajaba a mil por hora. Quería decir algo, pero no le salía. Respetaba y apreciaba a su superior pero hubiera querido desarrollar más el tema. Explicarle lo que venía rumiando. Transmitirle su soledad, el vacío, su angustia, ese horrible sentido de decadencia, de hundirse cada vez más en la que llamaban realidad. Pero no salía una palabra en el embudo de su ansiedad. Hasta que el otro amagó levantarse como para dar por terminada la reunión. Demetrio seguía luchando consigo mismo. No se comió el amague porque efectivamente el otro se levantó cuan alto era. ¿Para qué lo habría citado? ¡Para darle algún anticipo! ¡Eso no era posible nada nuevo ni que no le hubiera dicho antes! ¡Será que no tiene nada para decirme! Eso lo hizo prácticamente entrar en pánico. Demetrio disimiló como pudo. El otro se levantó, pero salió rápido para volver enseguida con un vaso de agua.

—Padre, todos estamos angustiados. Confíe y tenga esperanza. Estamos obligaos a tener esperanza. Lo veo medio coloradito. Ojo con la presión que lo necesitamos. Tómese ese vaso de agua.

Demetrio lo seguía mirando mientras tragaba el líquido. Por suerte no se atragantó. Pensó en tantas instituciones educativas, de salud, se ayuda mutua fundadas esforzadamente por religiosas y religiosas, derrochadas en estériles (para las instituciones) negocios inmobiliarios o conchabos sin otro destino más que el individual. Entonces el obispo lo guio hasta la puerta y parecía que no iba a decir nada. Pero al salir lo miró con resignación. Movió los dos brazos junto al cuerpo para luego unir las manos y decir,

—¡Son los nuevos tiempos! No se olvide que también se siguen haciendo cosas buenas. ¡Muchas!

Pensando en su parroquia vacía antes y seguramente después de la peste, Demetrio masculló un agradecimiento, mecánicamente ofreció una bendición y salió al viento frío pensando en la ayuda de los laicos. Su mente, huelga decirlo, estaba más confundida que antes. Ahora tenía más angustia. ¿Alguien se querría quedar con el sagrado templo, consagrado ya hace años, para un prosaico destino de inmueble residencial? Se conformó con luchar contra el frío y llegar lo antes posible a su silla en la sacristía. Esa noche se quedaría a dormir allí. ¿Cuál sería la nueva normalidad? Le vinieron ganas de llorar, pero no se dio ese lujo y entró a su querida iglesia.

Sobre llovido, mojado

El padre Demetrio Deal, en esa segunda semana de junio, celebraba su habitual oficio de la mañana. Lo hacía en su departamento, cercano a la parroquia donde estaba incardinado ya hacía una buena cantidad de años.

Hasta un tiempo atrás, antes de la aparición perniciosa y lamentable del virus llamado covid-19, algunos vecinos pedían participar. Sea por las restricciones de estar en un lugar cerrado como el departamento, sea porque a una de ellas se la había llevado a mejor vida justamente las consecuencias de la infección, ya no iba nadie. Por una razón o por otra, ya celebraba en total soledad.

En verdad, no se sentía solo porque la liturgia y su fe lo guiaban por un ámbito convertido en perfecto por la consubstanciación, cuando arribaba el sublime reencuentro con Dios. Demetrio estaba firmemente convencido. Seguramente la frecuencia y el hábito fortalecían su inspiración que lo proyectaba, por la mayor parte de la misa, en una dimensión diferente. Él la consideraba divina y eso no lo maravillaba sino le hacía alabar la posibilidad de estar tan cerca de la gracia. ¡Por qué no lograba transmitirlo a tanta gente que lo necesitaba? Sin embargo, en los últimos tiempos su mente estaba cargada de pesares y una desalentadora visión de su alrededor. Era por causa de la soledad, la indiferencia, el observar la modesta materia sagrada frente a un vacío casi profano. Eso lo alteraba. Quizás no llegara a ser una alteración verdadera y profunda, pero lo afectaba. ¿Era una crisis de fe? Ya había llegado a la conclusión de que no se trataba de eso ¿la consecuencia social de esa peste que afectaba a la humanidad entera, la pandemia?

Pocos días antes visitó al obispo y encontró el respaldo de un amigo, la comprensión de un viejo sacerdote, pero también observó en el otro algo parecido a la resignación y eso no fue una motivación, al contrario, lo sintió como desánimo. ¿O sería que lo que a él lo afectaba lo hacía ver a otros en su misma condición? Demetrio era un hombre disciplinado y tras el inicio del día con la misa fue directo a la iglesia, como todos los días. Sobre la vereda, mientras se acercaba a la iglesia cerrada, dio una ojeada a los altos edificios que estaban al costado y aún de frente, del otro lado de la avenida de doble mano. ¡Cuántos y tan grandes eran! No se había puesto antes a observar, desde ese punto de vista, la imagen del templo y sus dos torres, imponentes en su individualidad, pero pequeña en ese contexto urbano. Basílica menor designada por la Santa Sede, nada menos. Pero eso fue en otros tiempos, ahora era una construcción oscura, con necesidad de algunos trabajos de restauro y una amplia escalinata a la vereda para ir a una puerta cerrada. Las cuatro columnas macizas del frente daban una impresión de vieja majestuosidad, o tal vez fuera solo una necesidad estilística del estilo «academicista», que se completaba con un frontis con dentro imágenes ya algo desdibujadas en relieve. Con la llave abrió una puerta lateral y fue a adorar brevemente el Santísimo. Mientras pasaba miró de reojo la capilla de la izquierda con la Virgen de los Desamparados, patrona de Valencia.

Cuando llegó a abrir la puerta de la sacristía y se sentó en la rústica silla de madera, por reflejos inesperados sintió la tibia caricia de un rayo de sol, tal vez perdido en la mañana. Entonces se calentó agua en la pava y comenzó la actividad del día con un té.

Buscó el celular y controló si había mensajes. Eran pocos, pero de inmediato los respondió e inclusive hizo algunos llamados a algunos vecinos que lo contactaban. Luego recibió el mensaje de saludo habitual de Rodolfo, que tanto lo ayudaba en la parroquia. A media mañana, abrió su agenda para revisar su plan semanal, de allí el mensual. La cosa no le ocupó mucho tiempo. Demetrio no era el tipo de cura que se pasara horas en digresiones teológicas. En el seminario mostró bunas condiciones y estaba siempre dispuesto a participar cuando el arzobispado organizaba cursos y actualizaciones, especialmente con las novedades obligatorias del magisterio. Pero no tenía una real propensión por ponerse a estudiar por su propia iniciativa. Era el tipo de cura dado a pensar en términos materiales y de factibilidad en lugar de teorizar o buscar espacios conceptuales ingeniosos o de novedosa apariencia. Le gustaba más tratar de ir desde la realidad a la teoría que al revés. Oteando su correo electrónico no vio novedades significativas así que finalmente buscó algunos de los portales católicos. En uno de ellos dio con un título de interés. Luego revisó de nuevo su correspondencia y vio que efectivamente se le había pasado el asunto de la reforma del código de derecho canónico. Con la constitución apostólica *Pascite Gregem Dei* el papa había reformado el libro VI del Código. Se agregan, para alimentar la grey de Dios, o sea los católicos, una buena cantidad de artículos que sancionan justamente las infracciones económicas y de conducta de todos los miembros de la asamblea de Dios, la Iglesia. Del canon 1311 al 1399. Lo archivó para leer con atención, pero no puedo evitar una lectura por arriba, en diagonal. En una primera mirada se sorprendió por la claridad del canon 1397 segundo parágrafo que castiga quien procura aborto, si este se realiza, con la pena de excomunión, tan grave como la muerte para un católico. También el impacto de los castigos especiales a quienes cometen delitos y además son clérigos. El 1379 parágrafo 3 contra la ordenación de mujeres lo impactó especialmente, por sus repercusiones. La lectura lo impresionó y lo sacó de la especie de desaliento en que estaba en los últimos tiempos.

De nuevo se puso a calentar el agua mientras su cabeza volvía renovada por la reciente lectura. ¿Podía el, modesto cura, ponerse a juzgar las nuevas prescripciones en materia penal? Se le ocurrió llamar al obispo auxiliar. Le comentó que acababa de leer el agregado de las sanciones penales en el Código.

—¡Ya había sanciones penales!

—Sí, pero eran bastante amplias y dejaban discrecionalidad.

El cura tenía ganas de decirle que, en su conciencia profunda, tal vez sin admitirlo, tenía miedo de que eso generara más polémica y alejara a los fieles ya escasos. ¿Cómo decir algo así? Tal vez debiera pensarlo un poco más antes de largar semejante sensación de temor ante un superior. Por más que fuera amigo. Pero el otro le dijo:

—Esto es algo que ya venía en estudio desde el papa anterior, desde el 2008. Veremos cómo actúan los tribunales eclesiásticos, pero está hecho para ellos.

—Vos decís que esto es para que los miembros del tribunal tengan herramientas normativas prácticas y claras para aplicar. ¿Es así?

El otro en pocas palabras les confirmó la respuesta afirmativa a sus preguntas, pero no alejó el temor por las consecuencias. Pero le dio una vuelta más de tuerca explicando que los propios canonistas habían trabajado profundamente en esas sanciones para mostrar la firme decisión de la Iglesia para eliminar cualquier duda o sospecha sobre supuestas e inventadas complicidades.

Ambos pensaron en los casos relevantes de delitos de tipo sexual o de secuestro que se decía habían ocurrido con la participación de curas. Pero ninguno lo mencionó. Demetrio tenía ganas de mencionarle específicamente el inciso sobre el aborto y la ordenación femenina. Especialmente este último, iba levantar polvareda. Él tenía su posición, clara y coincidente, pero tenía miedo de que ante una posición tan frontal se le vinieran encima agresivamente algunos medios de comunicación, grupos políticos, agitadores.

—Sé que estás pensando en nuestra vulnerabilidad, Demetrio. Pero de una vez por todas, los que se meten de cura o monja tienen que saber que es una cosa seria, muy seria. ¿Querían contundencia? ¡Aquí la tienen! Es ser servidos de Dios y la humanidad.

—En ese orden —agregó Demetrio que entendía el sentido del discurso. Pero no sacó más nada en limpio de la conversación.

Ahora además de la soledad también sentía un miedo. Un temor difuso pero amplio a eso que genéricamente se llama «la sociedad». Se fue a revisar los portales de información general y no encontró casi nada, salvo algunas menciones que no pasaban de los títulos. Y eso que ya habían pasado varios días.

Al mediodía vino una vecina, una de las que más colaboraba y se alternaba con Rodolfo en la cooperadora. Le habló bastante de sus problemas y los de su familia. Era un día de semana, se suponía que no podía administrar sacramentos, pero la mujer insistió para confesarse y Demetrio no pensó que eso fuera ninguna transgresión.

Era una buena mujer, muy devota y para él era prácticamente un ejemplo. La saludó con honesta admiración. Le dijo que elogiaba su fe y era un ejemplo de vida. La mujer se fue con algo de sorpresa porque hacía rato no veía al padre Demetrio tan efusivo.

Volvió a la sacristía y calentó un pedazo de tarta de zapallitos que el mismo había preparado. Se sentía un poco molesto por tener tantas dudas por su soledad y ahora además miedo. Empezó a pensar que debía tratar de acercarse a lo que llamaban la sociedad, sentirse parte y no considerarse atacado. Ese nombre genérico siempre le resultó muy amplio y difícil de conceptualizar. ¿El mismo no era acaso también «la sociedad»? Se molestó con sus pensamientos.

¿Qué estaba pensando en su cabeza? Debía ayudar a los demás, no pedir ayuda. Sin embargo, en esos momentos estaba más para lo segundo que para lo primero. ¿Por qué las modificaciones y agregados de las sanciones penales para los delitos en y el código de derecho canónico lo habían afectado tanto? Si él no tenía nada que temer. Pero sabía que no era eso lo que lo asustaba, no era miedo personal sino una sensación colectiva. Justamente en ese momento comenzó a llover. Buscó ese resplandor de sol que algunas horas antes lo reconfortara. Pero ya no estaba. Para colmo hacía frío. Se levantó para revisar algunas de las goteras detrás del altar mayor. Pero todavía no se notaba ni siquiera humedad. Se dedicó al rezo en el altar mayor y esa conciencia lo alivianó un poco.

Durante la tarde la lluvia no era fuerte pero no paraba. Las goteras parecían aguantar. Rodolfo se contactó con él, específicamente para saber si todo estaba bien a pesar de la lluvia. Sabía que Demetrio se iba a quedar de guardia por lo menos hasta bien entrada la tarde, atento a lo que pudiera pasar con su iglesia.

Hacia la noche lo llamó el mismo Demetrio porque comenzaba a escuchar el conocido sonido de la caída de gotas en el interior, dentro la sala de reuniones detrás del altar mayor. Fue hasta allí con la linterna y cortó la luz en el lugar. Vino Rodolfo y estuvieron los dos trabajando para escurrir el agua. Finalmente, a la noche la lluvia paró, quedaron las humedades, pero el peligro inmediato había pasado. Comieron un par de empanadas que trajo el voluntarioso amigo y un vaso de vino abundante cada uno. Cuando el otro se fue, Demetrio, lentamente, cerró todo, miró la mole oscura. Miró a las grandes formas levemente iluminadas por las luces de la calle. Le hicieron recordar aquellas fiestas cuando se iluminaba toda la construcción hasta las dos torres, especialmente la que tenía las campanas del siglo XVIII. Parecía que le iba a preguntar algo a las sagradas sombras, pero no dijo nada y arrancó pesadamente hacia su casa.

Amor del bueno

Demetrio Deal, el cura párroco, se levantó cansado. Era la hora de siempre, pero hubiera querido quedarse entre las cobijas, tratando de relajarse. Pero no lo hizo. En pocos minutos se higienizó y se preparó para la misa de la mañana. Ya se había acostumbrado, en el departamento mínimo que habitaba, a celebrar solo el primer oficio. Por el peligro de contagio del virus covid-19, nadie lo acompañaba. Con prolijidad se dispuso a cumplir su ministerio. Era cierto, extrañaba a varios de sus vecinos, que poco tiempo atrás, participaban en asamblea. Porque eso era la Iglesia, estar juntos y dar testimonio de la gloria de Dios. Pero le tocaba hacerlo solo. Había revisado la figura de san Luis Gonzaga, propio del santoral litúrgico, al que también le había tocado enfrentar la peste. ¿Cómo se podía quejar él? En realidad, preparaba el día anterior la misa porque no era solo la que oficiaba en su departamento sino la que celebraba en su parroquia, tan bella. Esa casi siempre también en soledad por las medidas sanitarias. Luego era la que cargaba en el canal de YouTube para quien quisiera compartir. Recordaba años atrás cuando podía oficiar la misa matutina y la del mediodía y más tarde las dos vespertinas ante un buen grupo de personas. ¡Pero no era hora de quejarse! Demetrio se cambió para salir, cuando estaba listo, lo volvió a pensar y se preparó un té. Lo sirvió sobre la mesita de la misma cocina, que estaba bajo la ventana que daba a lo que pomposamente se llamaba «aire y luz», probablemente con bastante aire, pero ciertamente con poca luz. No ayudaba lo gris de la mañana y el fresco que seguramente hacía afuera, que comprobó cuando abrió la ventana de su pequeña habitación para ventilar. Una persona sola en una mañana de invierno, frente a una ventana que da a un ambiente gris, es muy probable se deje llevar por la melancolía. Exactamente eso le sucedió a Demetrio. Una sensación lleva a la otra y finalmente explotó la carencia que llevaba dentro: sentirse solo. Toda su infancia y adolescencia traccionaban ese dolorosa sentir. Pero no tenía tiempo para tan largo análisis. Cuando le parecía que caía en el pozo negro de los recuerdos, con determinación terminó el té. Hizo un esfuerzo físico y se levantó casi ágilmente. Tampoco sus recuerdos eran tan terribles. Debía protegerse de su subjetividad. Esa era su terapia personal para escapar hacia adelante. Salió con mejor predisposición y se dejó solamente tentar por la analogía del hoyo del ascensor con la dimensión del pozo negro, el de la depresión, el que quería dejar atrás. Cuando llegó a la planta baja le puso tanto empeño que abrió la puerta con tanta fuerza que casi choca con la vecina del noveno H. No pudo evitar apreciar sus formas, aun debajo de la ropa de abrigo, eso lo revitalizó algo más. Nunca había sido esclavo de la pulsión sexual, pero tampoco podía ser un opa. La comprobación de ese equilibrio entre su voto y su conducta, ordenada a una vida correcta, lo llenó de una buena vibra, como dice su amigo Rodolfo. También una piadosa señora, años atrás, le había explicado que se notaba que había logrado «sublimar» la pulsión sexual. Su sobrina, la psicóloga se había pasado horas hablándole del asunto, llegando, a su entender, a la misma conclusión. Su equilibrio, de modo inconsciente, lograba no quedar afectado por la tentación sexual, sin caer en lo opuesto como tantos censores. Por supuesto que en juventud tuvo sus convulsiones y dudas, pero las había llevado bien. Al final lo que realmente lo afectaba era estar solo. Tal vez si hubiera tenido una pareja y una familia eso no ocurriría. Aunque su sobrina, en fin, de cuentas, estaba mucho más tiempo con él que con su ya inexistente familia. ¡Qué tránsfuga ese hombre y sufrida su pobre hermana! ¡Eso no garantizaba nada! Demetrio llegó a la iglesia justo en el momento de mayor viento. Subió la amplia escalinata, miró con piadosa conmiseración los pasamanos de bronce que fueran robados y reemplazados, gracias Rodolfo, por unas barras de madera. El pobre de su amigo y colaborador le había dado tantas manos de barniz que lucían muy bien. Casi brillaban bajo el cielo gris de ese primer día de invierno. A pesar de las prohibiciones vigentes abrió el portón grande, porque no estaba permitido que se agruparan personas en su interior, pero nada impedía estuviera abierta. En realidad, hacía más frío adentro que afuera por la terrible humedad que nunca lograban derrotar, a pesar de los esfuerzos. La primera capilla a la izquierda, una de sus preferidas, la de la Virgen de los Desamparados, patrona de Valencia, fue donde se arrodilló de entrada. Al dejar la puerta grande abierta, una oleada de viento frío penetró desde el atrio y se desplegó por la nave central. Pero la corriente fue absorbiendo parte de la humedad del lugar y cobró nuevos bríos, como si se sintiera más efectiva. Demetrio tuvo la sensación de que ese viento inicial pretendía tomar toda la iglesia y se expandía por las dos naves, como dueño y patrón del espacio vacío. Con la velocidad que pudo, una vez de pie se apresuró a ir a la sacristía y prendió la hornalla de su pequeña cocina y con una especie de antorcha hecha con diarios fue a prender las velas. Todas las que pudo. En unos minutos, hasta quemarse los dedos, logró dar luz a las capillas, a todas ellas y por supuesto al altar mayor con su mayor tesoro, el Santísimo. Nadie entró por la puerta abierta. Solo sentía fluir el viento, como si arrastrara en el aire el humo de las velas, para intentar apagarla. Demetrio no era un místico ni creía en enemigos imaginarios. Pero en ese momento, sabía que nadie entraría en la iglesia, pero no era cuestión de falta de fe. No ingresarían porque no estaba permitido y él debía ser el primero en hacer respetar las leyes del hombre, sea o no sea César como en el templo y fuera de él recomendaba la ley de Dios. Miró con satisfacción como las velas, mientras duraran expandían su luz haciendo retroceder la oscuridad hacia los lejanos techos, fuera de la vista normal de cualquiera. Ya no estaba solo, definitivamente. En ese instante observó la imagen de san Héctor

Valdivieso, el primer santo argentino, el nacido en Boedo. Lo miró mejor y creyó ver, desde su sempiterna sonrisa, un rayo de sol, una luz indestructible. Ese era el amor del bueno, pensó Demetrio, acompañado por una felicidad plena.

La hostilidad de la materia y los finos razonamientos

Demetrio estaba orando ante la imagen de Héctor Valdivieso Sáez. El rezo le hacía renovar su fe y lo ayudaba a encontrar un espacio espiritual, tan importante, para cualquier persona. Especialmente en tiempos de pestes y desgracias colectivas como los del momento. En ese aparente desorden en que, para los neófitos, suele aparecer la mente y sus pensamientos, las imágenes y sus recuerdos, las sensaciones y sus analogías, Demetrio vislumbró un pelotón de fusilamiento. Era evidente la asociación con la muerte del santo argentino, ejecutado en la misma España el preciso día que en Argentina, su país natal, comenzaba el Congreso Eucarístico Internacional de 1934. A Demetrio, en el seminario le enseñaron que esa fecha marcó el renacimiento católico en el país. ¿Pero es que no estaba bien en aquella época? Recuerda que le preguntó a los profesores la razón de aquella expresión que inducía a razonar que en esos primeros años 30 la Iglesia pasaba por problemas. La respuesta era siempre la misma. No era una crisis propiamente dicha, sino que ese magno acontecimiento fue la movilización popular más grande de la época y se inauguraron iglesias, ordenaron obispos y el propio Eugenio Pacelli, luego papa Pío XII, vino como delegado apostólico. Imágenes de aquellos tiempos muestran una gigantesca cruz sobre el edificio Kavanagh que estaba en construcción. Otra cruz de 35 metros de altura cubría el monumento de los españoles, tapando también inconvenientes desnudeces. Sacralizaba así el lugar central de los acontecimientos. La fe se revitalizó y los laicos comenzaron a valorar la importancia de su aporte a la Iglesia de todos. El presbítero Deal se ordenó mucho después, ni había nacido en esa fecha, pero le daba curiosidad ese gran momento, celebrado por todos. Esas cosas de la historia con sus coincidencias y sus evoluciones. El día que mataron al santo, el 9 de octubre, en su tierra de nacimiento una multitud se reunía alrededor de la gran cruz que brillaba en el cielo en lugar del monumento que indicaba la paz entre colonizadores y colonizados, o tal vez también sobre lo que alguna vez fue la quinta de Juan Manuel de Rosas. ¿Quién sabe? El padre Deal se sentía tan modesto ante esas figuras que se destacaban gigantescas en la historiografía de su país, que casi le daba vergüenza.

El mismo arzobispo Copello, de quien recordaba mucho su obra, pero que no podía evitar asociar con el busto en maravilloso mármol que una vez encontró bajo la sombra de una escalera en un hospital construido en buena parte justamente por su empuje. ¿Quién sabe dónde estaría ese espléndido busto ahora? Todo ese barullo le hizo perder el efecto sanativo de la oración. Se puso de pie pero se arrepintió y volvió a rezar ante el santo, quejándose al Señor por sus contradicciones de pecador.

Algunos minutos después sintió la presencia de alguien a sus espaldas. No tenía miedo, por ninguna razón, pero lo sacó de su intención y lo volvió a la realidad. Se dio vuelta y reconoció a Rodolfo que le sonreía con su cara de buena persona. Era un gran colaborador y Demetrio casi le pidió disculpas por su demora.

—Recién llegué. Vine para ver como estabas, pero también por un par de temas que tenemos que enfrentar.

—Está bien, Rodolfo. Es verdad. Esperemos a los otros y nos juntamos en la sacristía o mejor en la sala detrás del altar mayor. ¿Qué opinas?

—Como quieras. Me parece que en la sala de atrás va a estar más frío. Pero nos acomodamos. Me adelanto y levanto la persiana del fondo así entra algo de luz.

Demetrio igual fue a la sacristía a buscar la pava y unos cuantos vasos que iban a usar para té o café. Con eso alcanzó a Rodolfo mientras iban llegando los demás. Vinieron también varias vecinas, con quienes Rodolfo se alternaba en la coordinación de la Asociación de Amigos de la Parroquia.

Estaban todos acomodados y comenzaron la reunión. Eran cinco sin contarlo a él. Demetrio sacó una carpeta de tapas azules y repartió unas hojas. Todos ya sabían de qué se trataba, pero igual leyeron y se prepararon a escuchar. El cura comenzó.

—Ustedes saben que tenemos un problema crónico de déficit operativo, o sea el de todos los meses. Más ahora con la emergencia sanitaria. Ya hicimos las cuentas varias veces y si no fuera por ustedes y la generosidad de nuestro obispo auxiliar, no sé qué sería de nosotros.

Se hizo un silencio pesado porque ya todos sabían lo que sucedía, pero también que siempre lograban zafar. Con la ayuda de uno, el auxilio a último momento de otro, a veces el aporte estatal del gobierno local, otras veces la suerte de alguna colecta por el barrio. Pero ahora había algo más. El padre Deal retomó.

—Tuvimos una inspección municipal tiempo atrás y nos observaron el sistema antiincendio, y también el circuito eléctrico que tiene descargas y pérdidas. Ahora, recientemente, otra, sobre la seguridad del frontis, y las dos torres, especialmente la de las campanas y los estucos del retablo.

Esta vez se escucharon algunos comentarios, pero nadie parecía tomar la palabra. Entonces Rodolfo dijo:

—Los estudios salen mucha plata y, como saben, no la tenemos. Pero eso no es lo peor.

Faltaba que alguien preguntara, ¿qué es lo peor? Pero nadie lo dijo porque todos lo sabían. Si no tenían dinero para los estudios de los trabajos y reparaciones a realizar mucho menos para justamente hacerlos. Cumplir con lo que solicitaban las normas. Rodolfo dijo:

—Podemos aplicar al mecenazgo, que es lo que nos recomendaron las mismas autoridades que fuimos a ver. Pero eso va a llevar tiempo y para encargar a alguien el proyecto hay que tener confianza.

Todos se miraron con cierta angustia. No era la primera vez que lo hablaban. Las inspecciones fueron hechas previas a la peste del covid-19, o sea más de año y medio. De hecho, debían estar agradecidos que nos los estuvieran presionando. Pero iba a ser difícil aguantar más sin resolverlo. La confianza providencial de Demetrio comenzaba a flaquear, pero no quería ni siquiera comentarlo delante de sus ayudantes, sus fieles que él consideraba irreductibles. Pero para todo había un límite y él lo sabía. Tan fuerte era su espíritu que cuando pensaba en esos problemas creía que con la fe y la oración la materia se ablandaría y se adaptaría a esas normar legales. Por algún influjo en que él firmemente creía aparecería la solución. Pero la hostil realidad de la materia seguía en su inmovilidad, o peor en su corrupción y el, Demetrio, no encontraba la solución.

Les comentó que a través del vicario había hecho llegar un claro diagnóstico al arzobispado y, obviamente, su amigo, el obispo auxiliar, se estaba ocupando personalmente. Pero los problemas eran muchos. Les aseguró a todos los asistentes que iba a encontrar una solución. Pero mientras lo decía se sentía inseguro. En efecto nadie contestó nada en particular. Se tomaron las bebidas, intercambiaron opiniones, pero los problemas seguían allí. Duros, amargos y concretos. ¿Qué hacer? Despidió a cada uno y se quedó con Rodolfo y una de las vecinas. Una señora bastante mayor pero no por eso menos lúcida. Rodolfo comentó,

—Es cierto que la inspección del antiincendio fue hace tiempo, pero la de la estructura es reciente. ¡Además no me parece tan peligros lo del retablo! En todo caso para los que están allí que siempre son pocos. Hay algo que no me gusta.

—Rodolfo, ya bastante paciencia nos tienen. ¿No te parece? Aparte tenés esa humedad que si inspeccionan el techo y las paredes no sé si están tan sólidas como parecen.

—Te aseguro que esas paredes y el techo son resistentes. Una cosa es que pase humedad y otra que se venga abajo. Ese no es problema. Los campanarios tampoco me parecen problema. El otro día, cuando se fueron los inspectores me estuve fijando y no tienen ni grietas. Y eso que hace rato no se pintan. Voy a estudiar mejor esto del mecenazgo.

—Pero no tenemos plata para hacer un relevamiento como se debe y responder. Cuando construyeron, no hace 100 años no pensaron en incendio.

—Eso es cierto. En realidad, cambiaron las normas de seguridad y nunca nos dieron un peso para que nos adaptáramos. Así es difícil. Debieran dar créditos a fondo perdido para cuando cambian normas sobre construcciones existentes.

—Tenés razón, Rodolfo. Pero esto es lo que tenemos. Hay que pensar en una solución. Porque cuando volvamos a la normalidad va a quedar feo si nos clausuran.

Rodolfo se fue refunfuñando y la vecina salió poco después. Demetrio, el párroco, se quedó mirando su iglesia. En su visión, separaba la materia de la forma. Una cosa era el templo, con su luz permanente, la que venía de la gracia de su canonización o consagración. Esa era la forma. Pero había una materia, la que subyacía el voto, la sacralidad de sus imágenes y el misterio del Santísimo con su vínculo de eternidad. Era la de dureza corruptible en su implícita y materialista contradicción, era la que él, con infinita paciencia debía también atender con práctica intensidad. Se quedó pensado en la paradoja de lo duro y corruptible a la vez. No era muy dado a las interpretaciones teológicas, pero tampoco un lego. Era la lectura correcta, la fe puede lograr el templo y sus formas, usando la materia que puede parecer y ser hostil y rebelde en un momento y agradable, dúctil, expresiva y acogedora en otro. A Valdivieso no le dieron opción. Dispararon. Estaba convencido de sus finos razonamientos, pero el problema seguía allí.

Las soluciones financieras

El padre Demetrio Deal estaba revisando las cuentas en la sacristía de la parroquia. Era la tercera vez que miraba esos mismos números, durante ese lunes por la mañana. Hacía unos minutos se había ido Rodolfo, uno de los mejores colaboradores y ahora estaba esperando un grupo de las damas, también valiosas para toda la feligresía.

Controló las mismas cifras con las damas también, algunas de ellas no tenían muy claro los mecanismos. Pero Demetrio, con gran paciencia, virtud heroica, explicaba y volvía a aclarar todas las dudas. Lo concreto era que cada semana el déficit o sea el faltante de fondos se ampliaba. Para colmo necesitaba dinero para hacer las obras que el gobierno local le había impuesto para poder estar conforme a las normas. Pasaba el tiempo y sus visitas a los funcionarios eran cada vez más frecuentes y lo peor sus promesas menos creíbles. ¡Justamente él, un representante de la moral que prescribía la majestad de la verdad por sobre la mentira!

Pero así estaban las cosas. Trató de acotar la situación poniendo como prioridad por lo menos lograr el equilibrio operativo y como un tema aparte buscar o mejor dicho conseguir el dinero para las obras. ¿Pero cómo lograr el equilibrio entre ingresos y egresos si casi no tenía entradas? En realidad, recibía los subsidios con bastante regularidad todos los meses, pero el resto, a partir de la emergencia sanitaria, desapareció. Existía evidentemente un efecto presencialidad. Si la gente, aunque fuera poca, iba a la iglesia y tenía un vínculo a través de cursos, charlas y reuniones, además de las celebraciones, tenía tendencia a ayudar con dinero porque veía, concretamente, la necesidad y a su vez el destino de su apoyo. Pero la ausencia facilitaba el olvido de su iglesia. Era duro, pero era así. Obviamente existe el factor espiritual pero la presencia de Dios se vive particularmente durante el oficio, la misa, con la consubstanciación, momento en que el mismo Dios es uno con su comunidad. Pero luego hay que moverse. Estaba por hacer una nueva y reiterada reflexión sobre el libre albedrío cuando escuchó el sonido del teléfono, pero no el celular, el fijo. Se levantó para atender, en la misma sacristía, pero del otro lado de la habitación. Era el obispo auxiliar, su amigo.

Se saludaron con afecto. Cuando Demetrio estaba por contarle por enésima vez su pesar económico el otro lo sorprendió con una gran noticia.

—Para que creas definitivamente en la Providencia. Recibimos una donación de los de siempre y te vamos a hacer llegar una parte. Te va a ayudar.

—¿Los alemanes? ¿Los generosos bávaros?

—Efectivamente. Te explico mejor si te venís a verme. Si te parece nos vemos a las 14.

Esa tarde llegó 15 minutos antes, lo hizo sin avisar previamente a nadie, Rodolfo, las damas y su sobrina, la psicóloga a la que recurría tantas veces. Por lo menos para desahogarse cuando se suponía debía ser al revés. Ya les contaría a todos.

La reunión no fue larga. Demetrio calculó que con esa cifra podría ponerse al día o casi, con todas las deudas que tenía con los servicios públicos, algunos proveedores y la compra de la pintura y material de aislamiento que había pagado Rodolfo con su dinero, que nunca era mucho. El obispo auxiliar le explicó que les habían otorgado euros y que a través de un mecanismo lograron que rindieran más que el cambio oficial, pero sin hacer nada ilegal. Demetrio quiso saber más y el amigo se lo explicó. Tenía un nombre algo raro («contado con liquidación») y consistía en comprar bonos argentinos en divisas (previo solicitarle le transfirieran dólares y no euros) y luego venderlos tras pocos días y se conseguían más pesos que al cambio oficial. Una diferencia notable. A Demetrio le transferirían parte de esos pesos si es que ya no lo habían hecho.

Agradeció y volvió a la sacristía. El día mejoró notablemente, pensó. Hecha la misa de la mañana temprano, grabada y cargada en las redes la del mediodía, a las dos de la tarde, la Providencia lo ayudaba. Ahora le tocaba a él continuar el camino. No podía seguir dependiendo de otros. ¡No podía ser! Primera cosa revisó el portal de la banca electrónica y efectivamente ya tenía la transferencia. Habló con Rodolfo y con las damas siempre tan atentas. A pesar de que por la emergencia sanitaria no le cortarían los servicios públicos tampoco quería estar en deuda, así que canceló todo lo pendiente. Prácticamente en un par de horas se le terminaba así la donación de los alemanes. Ahora de nuevo la máquina financiera, el juego perverso de los ingresos escasos frente a los gastos excedentes volvía a rodar con su inexorable y previsible final. ¿Y los arreglos? ¿Cómo los podría hacer?

Demetrio se preparó un té y se sentó en la dura silla de madera, frente a la mesa de la sacristía. Ya estaba cayendo la tarde y las sombras tapaban la poca luz natural que los edificios de al lado dejaban pasar. Observó las construcciones que rodeaban la iglesia. ¡Cuánta gente viviría allí! Se acordó que en la caja fuerte semi vacía tenía unas copias de los planos de la iglesia y el salón trasero. Era necesario tenerlos allí junto con las habilitaciones. Los originales estaban en el arzobispado. Se puso a mirarlos y por primera vez consideró que efectivamente era una superficie bastante grande. Era lógico que los planos originales estuvieran en el arzobispado, ¿a ver si a algún pillo se le ocurría vender la iglesia?

Se sirvió el té mientras miraba los planos. Le vino a la mente la cuestión del cambio. Como se podían aumentar los pesos o el valor de un donativo solo con un poco de conocimiento de esos temas. ¿Cuáles temas? Los financieros. Nunca estudió finanzas. Ese era una especie de cuestión reservada. Casi no se hablaba durante el seminario y solo a veces a niveles muy macro o de grandes temas en el contexto de la «doctrina social de la Iglesia». Desde su lanzamiento con la encíclica *Rerum Novarum* a fines del siglo XIX pasó mucho tiempo. Pero de estas cuestiones micro, como el caso de las finanzas, los cambios, las deudas y créditos bancarios, tuvo que aprender a la fuerza. O como ahora, con la experiencia. Sin embargo, era filosofía natural. Eso era la economía y su sobrina la finanza. Podría no conocer una norma o reglamento, pero no estaba exento de poder pensar. Se puso a probar su hipótesis. ¿Cómo razonaría un financista? Entró a internet y ocupó buena parte de la tarde y lo sorprendió la noche haciendo averiguaciones. Se levantó a rezar a san Carlos, que, aunque fuera en otra época, de estos temas debía entender. La oración lo ayudó a reflexionar. Por supuesto que él no sería servidor del dinero, pero tenía que aprender a usarlo. Porque el disponible era cada vez menos. Cerró las puertas de la iglesia, aunque por las restricciones no podía entrar nadie y se volvió a sentar en la sacristía.

Llegó a una conclusión obvia pero no la podía compartir con nadie. En realidad, lo podía hacer con su amigo el obispo auxiliar. Lo llamó, aunque fuera tarde. Efectivamente el otro dormía, pero quedaron en verse el día después a la misma hora, a las 14, las dos. Demetrio olía el peligro y lo quería compartir con su amigo y superior. Si una solución financiera llevaba a la otra pronto se quedaría sin su querido edificio de dos torres, su frontis triangular con sus figuras de relieve y las imágenes. No quiso pensar más en eso. Solo le quedaba fijo en la cabeza lo que hace rato muchos sabían. Esa cantidad de metros, en esa parte de la ciudad eran un patrimonio importante. ¡Dependía de la generosidad de los obispos alemanes! ¡Ni siquiera se podía mantener!

Cuando salió a la noche fría y húmeda, al cerrar el portón se miró a su alrededor asustado como si sintiera revolotear buitres bajo la forma de elegantes financistas y prestigiosos constructores con los números contundentes en la cabeza y la billetera abultada.

Pero en ese momento no había nadie por la calle. Demetrio estaba contrariado consigo mismo porque eso lo tenía que haber pensado mucho antes. ¿Pero si nadie le había sacado este tema? ¡Él solo luchaba para mantener el templo abierto para todos los fieles!

Sintió el vuelo de un ave y fantaseó con visitas espirituales. Extrañamente parecía una paloma que, como se sabe, no suelen practicar vuelos nocturnos. Pero allí estaba ella. O tal vez no fuera una paloma. Se había ido rápidamente arriba de un farol, parecía mirarlo. Demetrio también la miró. El ave, no más que una sombra oscura en la noche levantó vuelo y se perdió de su vista. Un impulso lo hizo ponerse derecho, una fuerza lo animó a caminar. Necesitaba descansar. Se sentía mejor y de hecho se santiguó. Al hacerlo todavía más energía recorrió todo su cuerpo. Con grandes zancadas, no habituales en él, llegó a su edificio. Lucharía, pensaría ,sería creativo. Cosa extraña, al entrar, observó una pareja que esperaba el ascensor. Gentilmente ellos le cedieron el lugar porque el elevador era pequeño, entraban solo tres apretados. Les hizo señas que subieran ellos que sonrieron agradecidos. Entonces espontá neamente los bendijo mientras cerraban la puerta.

Cuando el transporte llegó de nuevo a la planta baja y el entró para apretar el botón de su piso, sintió un optimismo nuevo. Vio su iglesia bajo el sol, renovada, plena y llena de fieles que esperaban en la gran entrada, algunos sobre la escalinata. Sonrió feliz, con su derecho a la esperanza. Ahora que sabía y entendía mejor estaba seguro de que no tendría miedo.

Cálculos sospechosos

Demetrio Deal, párroco de la iglesia, dejó su pequeño departamento, tras la misa tempranera de cada día y fue directo a la sacristía. Tenía varias horas antes de la misa del mediodía que era la que cargaba en las redes, especialmente en el canal de YouTube. Lo había armado, poco después de iniciadas las restricciones por la emergencia sanitaria por el virus covid-19. O sea llevaba más de un año. Esperaba a Rodolfo, uno de sus más voluntariosos colaboradores y probablemente se sumarían algunos vecinos más. Ya se autorizaban reuniones de hasta diez personas. Se encontrarían en la sala que estaba detrás del altar mayor. La que Demetrio, con la colaboración de tantos, logró reparar o prácticamente reconstruir. Estaba pegada a la medianera del fondo contra el gran edificio. El que luego llegaba hasta la otra calle detrás de la avenida. En la ciudad la mayoría de las calles tenían un centenar de metros y estaban dispuestas formando unos cuadrados de una hectárea. En algún lado leyó o alguien le comentó que a mediados de los años 30, cuando se inauguró la iglesia consagrada, la construcción con sus dos torres daba sobre la avenida, como ahora, pero el terreno atrás llegaba hasta el fondo, o sea hasta la calle que en ese cuadrado corría paralela, en la parte opuesta. Vale decir que tenía probablemente alrededor de los 100 metros, mientras el actual, por los planos, arañaba los 60. De manera que ya habían vendido parte del terreno. Cierto o falso que fuera, la realidad actual era la que tenía sentido y ocupación para el cura, dejaría la historia para algún escritor curioso, que nunca falta.

Fue preparando té, así recibiría a todos con algo caliente, dado que estaban en pleno invierno y estar dentro de la sala de atrás sin calefacción era bastante frío. No valía la pena prender las estufas porque eran eléctricas y gastaban un montón y no iban a quedarse mucho tiempo. Esa era otra cosa que tenía pendiente con Rodolfo y los vecinos: arreglar las cañerías para que le habilitaron la conexión con el gas de la red, que era mucho más barato. Sería para el próximo año, cuando tuvieran dinero.

Al final eran nueve, así que se acomodaron en el salón. Ahora que Demetrio había recibido la donación que le hizo llegar el obispo auxiliar tenían las cuentas equilibradas. El cura tenía por costumbre compartir los grandes números con sus fieles habituales: no había misterio. Ellos sabían de la generosidad de los obispos alemanes, pero también entendían, como explicaba el padre Demetrio, que no podían depender siempre de ella. El presbítero no era de los que les gusta mostrar su versación en doctrina, pero en su momento había estudiado con provecho y se mantenía actualizado. Por eso explicó que una cosa era vocación por los pobres, inclusive compartir la austeridad, como ocurría con las reglas de las órdenes mendicantes y otra muy distinta no juntar ni para mantener el tempo y propagar la obra divina en la tierra. En ese punto el cura quiso profundizar la cuestión explicando que el esplendor del arte en las capillas, en el retablo y en la construcción es para promover la belleza de la fe. A través de esa belleza y la estética de la adoración es que se alentaba la emoción en los espíritus para acercarse a los misterios o para mayor claridad recibir los sacramentos. El concepto no era tan claro, de hecho, una señora preguntó, con candidez:

—¿Qué pasaría si en lugar de una iglesia consagrada con tantas imágenes y decoro nos reunimos en un departamento y se celebra allí?

Demetrio acercó la taza para terminar su infusión antes de responder. Estaba esperando esa pregunta. Es más, él mismo se la había comenzado a hacer desde hace unos meses.

—La iglesia es un lugar sagrado para adoración del Santísimo que es nuestra conexión con Dios. Para eso tiene que ser un espacio dedicado por entero a la fe, nuestra creencia sostenida por el magisterio. Claro que además dentro de las condiciones canónicas. Un lugar exclusivo.

La señora parecía casi asustada de su misma pregunta. Asentía ante la respuesta del cura y consideró pertinente agregar como para completar la idea y mostrar que había entendido.

—Por eso como nos enseña el evangelista san Marcos, el templo no es para mercaderes.

Nadie dijo nada, pero un murmullo de aprobación se escuchó entre ellos. Demetrio sabía que esa podría ser una buena y sabia respuesta e inclusive una de las interpretaciones y le dijo:

—Justamente sería conveniente tener un lugar sagrado donde poder desarrollar nuestra liturgia, bien fuera de cuestiones de tipo mercantil pero también de cualquier otra índole.

Entonces se generó esa atmósfera o momento donde en un instante varios conectan la misma idea y quieren aportar información para fortalecer la línea general. Uno de ellos comentó que no era una buena idea alquilar cines o teatros para predicar, en evidente alusión a ciertos pastores cristianos, pero no católicos. Otro apuntó que el lugar de culto ya desde la noche de los tiempos debía permanecer puro; una mujer bastante anciana pero muy ilustrada informó que en algunas antiguas religiones mesopotámicas se requería que los fieles para ser admitidos debían tener varios días de abstinencia de todo tipo y los sacerdotes y sus ayudantes mantenerse absolutamente castos. Finalmente, el murmullo cesó y probablemente más de uno quedó con la curiosidad insatisfecha, pero lo dejaron ahí.

—Ese es el asunto. Tenemos que pensar cómo conseguir mayores ingresos para hacer obra, ayudar a los vecinos y reparar el templo. Más que convencernos sobre la necesidad de la iglesia hay que aportar ideas. La verdad es que por ahora no vamos bien.

Este comentario del padre Deal generó que varias personas agacharan la cabeza, porque se sentían culpables o para que no hicieran contacto visual con el cura y fueran interpeladas. Habló Rodolfo.

—La verdad, padre, es que no le encontramos la vuelta. La calle está sin plata. No se nos cae una idea.

De ese modo colorido, pero no por eso menos claro, la reunión se fue agotando. El cura confesó a algunas de las damas, que se lo pidieron, suponiendo que ya eso estaba permitido por las normas y si no lo estaba nadie se daría cuenta.

Rodolfo se quedó a ayudarlo para el oficio del mediodía y luego lo editaron para subirlo a las redes. Era poco más de la una y media y Demetrio se sentó en la sacristía. Sonó su celular y era uno de los vecinos que le quería traer una bandeja de sándwiches de miga para la reunión. Al explicarle que había terminado insistió en llevarle algo. Lo recibió con gratitud. Le trajo como dos docenas que guardó en la heladera, previo comerse un par. Fue poco después que escuchó el sonido del teléfono. Era el celular. El obispo auxiliar del archidiócesis, su amigo y superior, quería verse con él en un par de horas.

—Te tengo un par de cálculos que te van a interesar.

Demetrio quedó impactado. ¿Qué cálculos podrían ser? Es cierto que últimamente el cura se había estado actualizando en cuestiones financieros y se lo comentó al obispo, amigo suyo. De todos modos, para sentirse bien preparado se quedó leyendo por tales financieros que estaba consultando últimamente. Desde que había averiguado en los diccionarios financieros y varios tutoriales que, dicho sea de paso, le resultaron interesantes y accesibles para su nivel de conocimiento, se sentía más preparado para toda esa jerga y las transacciones que había detrás. Teniendo en cuenta que nunca había estudiado esos temas, una de dos: o seguían la lógica natural y los había entendido o bien creía entender, pero en realidad no pescaba nada. Un rato antes saló caminando para ir a ver a su amigo y superior.

Lo estaba esperando. Lo saludó efusivamente, tal vez con demasiado ímpetu, como si estuviera agitado o nervioso. Raro en él.

Fueron a la salita donde casi siempre se reunían. El mismo le trajo un té y para él se sirvió un café desde una máquina que Demetrio no recordaba haber visto antes.

—¿Cómo va todo?

Demetrio le habló de los problemas de siempre, la iglesia vacía y no solo por las medidas del gobierno por la pandemia, la falta de dinero para tener el templo en condiciones. El cura dudó si comentarle también que los pocos fieles del vecindario tampoco aportaban muchas ideas. El otro seguramente ya lo sabía, porque quién más cuál menos pasaba en muchas provincias eclesiásticas. Nadie lo quería admitir, pero el problema era bastante común.

—Vos sabés que los fieles que no se organizan prestando un servicio y dependen de los subsidios están en problemas.

—¿Qué me querés decir con que «no se organizan»?

El otro se sentó apoyando la espalda como si quisiera retroceder en la conversación. Pero no podía.

—Me refiero que quien tiene una institución de salud, otra educativa o de formación se maneja mejor frente a esta crisis. Porque no es nada más que una de las tantas que ha tenido nuestra milenaria y amada Iglesia.

—Aparte de que ahora las instituciones educativas deben ser más un clavo que una ayuda con las dificultades con las clases presenciales, no creo que el problema pase por ahí. ¿Qué hacemos, cerramos las Iglesias porque no sabemos cómo mantenerlas?

—Ni tanto ni tan calvo que se le veían los sesos.

A su amigo le volvió junto a la remanida frase toda su dignidad episcopal. Recobró su habitual calma.

—El otro día tuvimos la visita de un doctor, un economista de los que saben, enviado por las altas esferas. Nos hizo una exposición que me gustaría contarte para que entres en sintonía. Algo que puede tener importancia y tenemos que estudiar bien antes de divulgarlo y obviamente si es que se decide avanzar.

Demetrio se puso alerta porque el otro parecía a punto de contarle algo reservado e importante. También se apoyó en el respaldo con todos los sentidos aguzados.

—El tipo se vino muy trajeado. ¿Viste esos azules con hilitos que parecen de plata? Una corbata que brillada como seda y gemelos de alguna piedra dura que desconozco. Todo un *dandy*, como se decía antes.

—¿Sabía que se iba a reunir con curas y se presentó así? Me parece más un desubicado que otra cosa. Pero dale, contame que estoy sobre clavos.

—Me explicaron que para ellos *kleider machen monchen*, al revés del pepino. Los presentes estaban admirados, te cuento.

El obispo había estudiado en Alemania y le gustaba, de vez en cuando, mechar algún dicho en ese idioma que Demetrio apenas entendía. Pero le alcanzaba para comprender el concepto «el hábito hace al monje», un tropo algo curioso en lugar donde la mayoría eran justamente curas seculares. Pero eso era lo de menos. El amigo le explicó que esa gente, liderada por el conferencista tuvo acceso al registro de la propiedad inmueble y a su vez al padrón de las fundaciones y asociaciones vinculadas a la Iglesia. Probablemente el mismo arzobispado se lo facilitó o la Secretaría de Culto. Pero eso tampoco importaba. Lo primero que mostraron en la gran pantalla donde miraban los selectos asistentes, entre ellos el obispo auxiliar, es el valor de los gastos de la iglesia de la ciudad (y también de todo el país) y por otro lado los ingresos en ambos casos. Solo del clero, sin incluir las órdenes u otras asociaciones religiosas. Obviamente pusieron de relieve el déficit, que siempre genera cierto impacto, aunque todos lo sepan. Luego les dijo alrededor de cuánto sería la renta de un patrimonio inmobiliario actual en la Argentina y en la ciudad de Buenos Aires. A partir de ese valor se focalizaron en la sola ciudad autónoma de Buenos Aires. A continuación, mostraron lo que, según ellos, era el patrimonio inmobiliario de la Iglesia y lo que llamaron «el sistema» en la ciudad. Incluían muchas fundaciones que se habían constituido en los últimos años pero que ellos así habían individualizado e identificado. Demetrio se quedó mirándolo esperando qué iba a decir.

—¡Ahora viene lo mejor! Escuchá con atención.

Resulta que dividieron el total de los inmuebles valorizados en dólares en tres archivos que ellos llamaron «Portafolios». «Templos o inmuebles consagrados» era el primero, el segundo lo llamaron «De renta u ocupados legalmente» y el tercero le pusieron «En litigio».

—¿Cuál es la conclusión?

Era muy simple. Dejaban de lado el tercer grupo y observaban que los de mayor valor eran los primeros. Justamente las Iglesias. Mostraron algunos números de ocupación previa a la pandemia y las restricciones sanitarias. Era evidente que la mayor parte del tiempo esos inmuebles estaban vacíos. Era obvio que los que estaban en la zona céntrica y en otras de valor residencial tenían mayor valor por metro cuadrado. El amigo hizo un silencio como para que Demetrio pudiera asimilar toda la información. Pero el párroco ya se la veía venir. El superior dijo:

—O sea que si nosotros les dejamos manejar el diez por ciento de las iglesias de la ciudad podemos tener la renta necesaria no solo para los gastos sino para hacer las reparaciones en el otro 90 por ciento y hacer obra, ayudar, colaborar.

—¿Y cuáles serían los templos así castigados? No te pregunto qué entienden por «manejar» porque me lo imagino.

—No lo dijeron, pero seguramente muy pocos. Algunos comentarios hubo, pero no avanzamos en eso. Tampoco estamos convencidos. Es obvio que sería una gran manifestación de debilidad institucional, pero necesitamos la plata. Eso también es verdad.

Demetrio se quedó absorto en oscuros pensamientos. El cálculo no era difícil de entender. En todo caso sería bueno revisar si los números estaban bien.

—¿Me podrás mostrar la presentación? Seguro que la tenés.

—Te la envío a tu correo, pero es súper confidencial. En todo caso la mirás y lo hablamos. Pero no se lo digás a nadie.

Demetrio prometió obediencia que de todas maneras estaba en su voto que nunca había infringido. Ya le haría los comentarios. Ahora quería estudiar la presentación y entender las cifras. Se saludaron y el párroco con más miedo que entusiasmo volvió a la sacristía ansioso por estudiar esos cálculos sospechosos.

El arquitecto

En el día de santa Marcelina, hermana de san Ambrosio, obispo de Milán, Demetrio, el párroco de la iglesia estaba sentado en la silla de madera junto a la mesa, en la sacristía, sumido en un laberinto de pensamientos. Por un lado, la cuestión que ya estaba gastada de tanto desarrollarla, la falta de fieles, agravada por las restricciones fijadas por el gobierno debido a la pandemia del covid-19. Si bien era un problema mundial, Demetrio se sentía especialmente afectado, no él, sino su feligresía, los vecinos, las personas que ahora más que nunca necesitaban el auxilio de la fe y, en consecuencia, la esperanza. ¡Y él atrapado en su parroquia vacía y cerrada! Usaba todo lo que podía, especialmente las redes sociales, pero la realidad indicaba que con eso no alcanzaba. En un momento se había puesto contento por llegar a los 1.000 seguidores y suscriptos a su canal de YouTube, pero veía que se había estabilizado en ese número, como un equilibrio indiferente. Rodolfo le había dicho, con cierta razón circunstancial que seguramente 1.000 era una buena cantidad de personas, probablemente más de las que concurrían al templo antes de la emergencia sanitaria, o sea a principio del año anterior. Pero no era solamente eso lo único que lo preocupaba, también las necesidades financieras para hacer las reparaciones en el interior. En varios lugares: tres de las capillas de las dos naves laterales, el techo, reparar parte de una de las dos torres, justo la que conservaba las célebres y antiguas campanas y muchos trabajos menores que en su conjunto eran una gran cifra. Además, también necesitaba dinero para mejorar la conectividad, ayudar a dar cursos de catequesis y también de oficios. ¡Siempre lo mismo! Solo pensar en la cantidad de cosas que se podían hacer con trabajo, pero también con los imprescindibles recursos financieros y su frente se llenaba de arrugas, surcos, marcas de desánimo. El aportaba el trabajo, pero el dinero no aparecía. Hace unos días justamente si no fuera por la donación de obispos alemanes al arzobispado, hubiera estado en mayores problemas. Pero no era solo eso lo que le preocupaba. Ahora había aparecido una propuesta de gente relacionada a las finanzas y ciertas altas esferas de la jerarquía que tenían en mente una forma de conseguir ese dinero que tanta falta hacía. Su amigo y superior, el obispo auxiliar le relató una conferencia a la que había asistido, donde se había explicado el mecanismo. Demetrio recibió la presentación en su correo electrónico y se pasó buena parte de la noche de los últimos dos días estudiando la decena de cuadros con la propuesta. La síntesis era que «monetizando» el diez por ciento de las iglesias de la ciudad se resolvían los problemas de todas las demás. El sacrificio de esos templos permitiría crear un fondo de inversión cuya renta prácticamente calzaría las cuentas de todo el arzobispado. La sola expresión *monetizar* le parecía horrenda, pero debía admitir que cumplía bien su significado en el contexto de la razón económica. No explicaba lo que se haría con los templos elegidos para ser sacrificados. Pero no necesitaba ser un genio para comprender que debía ser la venta, posibles proyectos inmobiliarios compartidos, o una combinación de ambos. Pero el templo desaparecería. Lo que importaba, entonces, era que esos inmuebles se trasformarían en dinero y ese dinero permitiría una renta «perpetua». Esa palabra también lo importunaba porque estaba acostumbrado a usarla para otro significado, no crematístico. Pero la razón lingüística era absorbida por la economía. Quería decir que, si no se quitaba el capital de ese fondo, luego la renta se mantendría en valores reales, o sea compitiendo con la inflación y permitiría financiar la iglesia con sus inmuebles restantes. Que eso era «definitiva mayoría», o sea aceptado por muchos, como explicaba la última de las diapositivas o *slides* como se llamaran ahora que es lo mismo, pero en inglés, propias de la presentación. Eso presentó el hombre que su amigo el obispo auxiliar le había descripto con detalle, desde su traje azul a rayitas plateadas hasta el brillo de sus gemelos sobre la blancura nívea del puño doble de su lujosa camisa, hasta la pasmosa serenidad, casi cordialidad con que describía el cierre necesario de una parte de las iglesias para la supervivencia de las otras. ¿Pero y si una de esas sacrificadas era su parroquia? Su mente estaba sumergida en un laberinto de razones, explicaciones, miedos. Todos confundidos en el amplio marco de la moral dogmática. ¿Pero qué dogma aplicaba en este caso? ¿Estaría en desacuerdo si alguien le pudiera asegurar que no le tocaría a su iglesia? Esta sola pregunta le daba espanto solamente pensarla. Menos aún poder razonarla. La envidia, séptimo pecado capital, comía su cabeza llenando su cuerpo de rechazo, pero respondiendo a un mandato sensible. ¿Era comprensible? De algún lado le venía esa horrible tentación. Se combinaba con otro pecado capital que es la codicia, por resolver un problema propio sobre el sacrificio de otro. ¡Él era un cura!

Llamó a su colaborador Rodolfo para saber si había alguna novedad, pero estaba reparando el techo de la casa. En realidad, era un edificio que habían ocupado y que según le había contado pertenecía a una mujer muy devota, fallecida tiempo atrás. Parece que el inmueble estaba en plena batalla judicial entre los herederos. Alguna vez su amigo el obispo auxiliar le dijo que el arzobispado también se había presentado en el juicio, pero parecía que no tenía mucho que hacer. Pero Demetrio nunca se había ocupado del tema porque las cuestiones judiciales las manejaban desde la central, el arzobispado y su equipo de abogados. La cuestión era que ese edificio era viejo y según Demetrio en cualquier momento se vendría abajo y Rodolfo y las familias que lo ocupaban se las tenían que rebuscar para mantenerse allí y tenerlo en pie. Ya que estaban hablando le preguntó a Rodolfo si no le habían hecho inspecciones ya que en la iglesia habían venido varias veces.

—Acá nunca vinieron o por lo menos no los vimos. Debe ser suerte.

Demetrio confiaba mucho en Rodolfo y realmente era uno de los que más trabajaba en el grupo de amigos y vecinos del barrio, era un hombre práctico. Pero esta vez creyó escuchar cierta ironía en el otro. Ya se imaginaba como se cubría con los inspectores. ¿Por qué no lo había hecho él también? Mientras pensaba todo eso le pareció mejor terminar la conversación. Ya ni se acordaba ni por qué lo había llamado. Así se dio cuenta que últimamente había estado llamando a los vecinos e inclusive convocando reuniones para encontrar ideas para salir de esa cuestión de dinero, cuando en realidad era él quien debía ofrecer propuestas. ¿Cómo un cura podría resolver esas cuestiones tan terrenales? ¡No lo habían preparado para eso!

Una idea serpenteaba en su cabeza haciéndole daño. Pensaba en sus compañeros de seminarios, aquellos con quienes aún se mantenía en contacto. Cada vez que hablaban compartían, quien más, quien menos, similares preocupaciones. Era obvio, la decadencia general no era más que la consecuencia de la suma de todos esos casos individuales, en la misma situación y a la espera de una solución providencial. Porque, en definitiva, se pretendía resolver con el magisterio, una razón terrenal, económica. Pero el cuerpo doctrinario apostólico trataba muchos temas relacionados con la moral, la liturgia, las relaciones entre los Estados, los hombres, las familias y cuestiones de principios en orden a la vida práctica del católico. ¿Pero dónde decía cómo financiar las Iglesias? Fue entonces cuando se levantó para servirse un té. Tal vez serviría para ordenar sus ideas.

Al calor de la infusión, se sintió algo mejor, pero seguía sumergido en su laberinto, atrapado entre la esperanza providencial y la razón material de la falta de fondos. Intentó ir a rezar a la capilla de la patrona de Valencia, Virgen de los Desamparados, luego a la de San Carlos, un santo que nunca le fallaba. Pero estos eran tiempos difíciles y con la oración no logró calmar la turbulencia que lo agitaba. ¿Pero por qué tanta angustia? En definitiva, el problema de la falta de dinero no era nuevo y no era exclusivo de él. Se arrodilló ante san Valdivielso, el santo local, el que sentía propio. Mientras rezaba sentía la fuerza de la razón que lo desbordaba. No quería asumirlo y mucho menos asimilarlo, pero la lógica económica se estaba imponiendo. De a poco se armaba esa fina pero resistente telaraña que construye la razón con sus hijas, las argumentaciones. Desde cuando la Iglesia no era más que unos perseguidos que se reunían bajo tierra, cerca de los basurales y cementerios de Roma y el mediterráneo todo, hasta que muchos años después brillaba con esplendor en los vaivenes de la historia, pasó de todo. ¿Quién se preocuparía ahora por cerrar unos templos para asegurar otros? Era una insensatez la suya, en preocuparse tanto.

A partir de allí nacían un montón de argumentaciones para explicar el sacrificio en pos de una alta finalidad como poder desarrollar las actividades de evangelización que son los menesteres y obligaciones para los que se preparan a la ordenación sacerdotal. En un rato ya una buena cantidad de razones lo habían acomodado a esa solución. Se sintió aterrorizado. Trató de tranquilizarse. Llamó a su amigo el obispo, pero estaba ocupado. Quedaron en que lo visitaría a la tarde, a las tres. Llamó a Rodolfo y a unas damas del vecindario. Esta vez celebraría la misa del mediodía para cargar en las redes con varios asistentes, como debía corresponder a una iglesia importante. Mientras esperaba que vinieran se puso a caminar por la nave central y evitaba mirar a los ojos a las imágenes. Pero no podía evitar sentirse culpable. ¿Qué sería de esas sagradas formas si era uno de los templos elegidos para el sacrificio?

Por suerte llegaron los ayudantes y fue a la sacristía para sus paramentos y la celebración. El padre Demetrio era un hombre serio. Fue un oficio maravilloso y sintió la santidad del Espíritu en su divina presencia. La liturgia no eran fórmulas memorizadas sino descubrimientos espléndidos que mostraban el camino, las oraciones se convertían en himnos de adoración, la comunión una presencia material y la bendición final un mensaje de esperanza y de paz. Demetrio dejó el altar no sin antes ampliar su reverencia al Santísimo y cuando fue hacia la sacristía, los ayudantes quedaron rezando conmovidos. Demetrio no sabía cómo interpretar esa señal, pero no pudo evitar también emocionarse. Les indicó, a los pocos que estaban, que esa era una señal que sabrían entender, quedaban fortalecidos para enfrentar los problemas que a tantos aquejaban. Hablándole a ellos Demetrio se dirigía a sí mismo. La cosa le pareció razonable y sensata, justamente porque se ubicaba bien por encima de su razón. Esa era la respuesta divina. Estaba convencido.

A las tres estaba con su amigo, el obispo auxiliar. Pasaron a la salita que estaba cerca de la entrada.

—¿Qué me querías decir que estabas tan preocupado? Sabés perfectamente que si algo conozco sobre esto te lo digo.

—¿Cómo va el asunto «inmobiliario»? ¿No me puedo sacar de la cabeza que si eliminan mi iglesia no sé qué voy a hacer?

—Demetrio. No es «tu» iglesia sino «nuestra» iglesia. Cualquiera de ellas. Pero están estudiando el asunto. No es tan fácil como te imaginarás.

—Es que estoy lleno de dudas, emociones raras y lo peor me atacan los razonamientos más increíbles. Me pone muy nervioso y a la vez me cuesta entender.

—Lo están estudiando y revisando. Acordate de la importancia de la templanza. Pero te pedí que vineras a esta hora porque justo está acá una persona que tiene interés en hablar con vos por este tema.

Demetrio sintió un sudor frío caer en su espalda y era invierno. Por poco no se pone a temblar.

—¿Quién es? ¿Lo conocés? ¿Por qué no me avisaste?

Pero el otro no tenía respuestas porque se había levantado y salió de la pequeña salita. Evidentemente fue a buscar al visitante. Demetrio se quedó sentado y fue a la máquina de café para prepararse uno. En general le caía mal, le daba acidez, pero no tenía opciones y necesitaba ponerse a hacer algo.

El hombre que entró con su superior era una persona de unos 40 años, vestido con un traje oscuro pero una corbata muy colorida y unos anteojos que Demetrio no podía definir si eran azules o verdes. Probablemente fueran turquesas. Le parecieron raros, pero no comentó nada. Lo presentaron como el «arquitecto». Demetrio lo saludó con la mano cerrada como se usaba desde las restricciones sanitarias del covid-19. El otro le mostró una sonrisa mecánica y los tres se sentaron. El cura de la parroquia cruzó los brazos en el pecho y se dispuso a escuchar. Habló el obispo.

—El arquitecto está revisando todas las iglesias y tiene algunas preguntas o más bien comentarios que hacerte. Creo te va a interesar. Igualmente aclaremos que todavía no hay nada decidido. ¿Verdad, arquitecto?

—Así es. Estamos en la etapa preliminar, revisando los casos.

Demetrio estaba incómodo con toda esa parsimonia. Quería que le preguntara o dijera lo que tenía para decir y poder irse. En otro momento hablaría con el obispo auxiliar. ¿Le había hecho una trampa? En realidad, no tenía necesidad, lo hubiera citado y listo. Eso lo tranquilizó un poco. Era la ansiedad de todo ese tiempo, pero por lo menos no le agregaba la traición o el abuso de la amistad. Su mente de inmediato comenzó a argumentar que en esa época todos estaban más susceptibles y era normal el también desconfiara. Eso le aportó algo de aplomo cuando se dio cuenta que el otro, el arquitecto estaba hablando. Dejó sus reflexiones y razonamientos de psicología social aplicada para otra oportunidad.

—Disculpe, ¿me podría repetir?

—Estaba diciendo que si tomáramos un compás y trazáramos una amplia circunferencia con centro en su iglesia nos encontramos con más de una docena de templos.

Demetrio no entendía a qué venía esa imagen geométrica que aportaba quizás desde la razón arquitectónica un punto de especial interés pero que a él se le escapaba por completo. Se hizo un silencio mucho más elocuente que si él hubiera preguntado cuál era la lógica de ese inesperado argumento. Pero el otro estaba acostumbrado a hablar en público, particularmente de no especialistas.

—Ya desde la época del obispo Mariano Espinosa se fueron diagramando las construcciones de Iglesias de acuerdo a las necesidades de atención de las personas de fe en las cercanías.

Esta vez Demetrio entendió y le pareció que había encontrado una falla grave en la línea del experto. Algo que tal vez increíblemente se le había escapado. Casi balbucea por el ímpetu en hablar.

—Pero mi iglesia no estaba allí cuando lo planificó el obispo Espinosa sino unas cuantas cuadras más hacia el sudoeste.

—Exactamente eso es lo que quiero decir. No es una iglesia antigua, que sea de patrimonio histórico ya que ni siquiera tiene 100 años y se superpone con otras ya que en su primera construcción no estaba allí.

Demetrio sintió un calor en su rostro y una tensión creciente en su nuca. Para colmo se había tomado el café antes y ahora se arrepentía. Pero se controló y miró al experto como si le dijera que no veía conexión entre ese argumento y lo que estaba estudiando. Por las dudas de que el otro no hubiera comprendido el significado de su mirada severa, prácticamente explotó.

—¿Y eso qué tiene que ver? Igual tengo muchos fieles y es un lugar densamente poblado. Mucha gente.

—Justamente es de eso que quiero hablarle. No para tomar ninguna decisión sino solamente para intercambiar razonamientos.

Demetrio sentía que más que intercambio el otro quería informarlo. Eso lo hizo acomodarse nervioso, pero logró quedarse callado, atento. Como para dejarlo hablar. Ahora quería saber para donde apuntaba. Eso fue justamente lo que ocurrió.

—Podemos considerar que su radio de acción son unas diez manzanas. A 2.500 personas por cada una son unas 25.000 personas. Obviamente no pueden entrar todas juntas en el templo, pero eso sería su relación cuantitativa.

Dijo esto último como si fuera una fórmula mágica y Demetrio se quedó mirándolo. El otro retomó para redondear su proposición. Demetrio se fue hacia atrás como si esperara un golpe de puño. Tenía casi razón.

—Es muy simple. Si la mitad fueran católicos practicantes serían 12.500, lo podemos redondear a 10.000. No tenemos ahora muchos modos para sondear su cobertura y su llegada. Pero en su canal de YouTube tiene apenas 1.000 seguidores.

El arquitecto sonrió satisfecho por su presentación como quien presenta un planteo inobjetable de pura razón. Pero Demetrio no tenía calma para poder responder. Se sentía acorralado, Atinó a decir.

—Es posible que mucha gente no acceda a las redes sociales, no tenga buena conexión o sea seguidor circunstancial.

Pero el otro estaba preparado y con mucha amabilidad, pero con firmeza le dijo al cura que lo miraba fijo.

—Si quiere podemos analizar en conjunto quiénes son los seguidores y lo segmentamos. No siempre los que están suscriptos son seguidores. Lo pide a la administración de la red y lo vemos juntos.

Demetrio no entendía nada de lo que le estaba diciendo, porque el cura no era un experto en redes sociales y no sabía ni por dónde empezar a hacer lo que le estaba diciendo. Se le ocurrió ganar tiempo diciendo que lo iba a revisar. Pero ese no parecía ser un buen día para el párroco.

—Lo voy a revisar con Rodolfo, él me ayuda con todos estos asuntos y primero lo veo con él y luego le digo.

Pero el arquitecto no había dicho todo. Tenía algo más para notificarle y con voz firme y segura procedió por su camino. Son los misteriosos caminos divinos.

—Esa persona que usted menciona está usurpando un inmueble de gran valor, que está en un litigio legal, un proceso judicial. Usted debe saber que la iglesia, por el arzobispado es parte legítima. Está cercano a salir el fallo.

—¿Pero qué tiene que ver eso?

—Es posible que sus problemas se puedan resolver. Estamos casi seguros de que el fallo va a favorecer al arzobispado en cuyo caso se «monetizaría» rápidamente.

Entonces intervino el obispo auxiliar para aclarar la cuestión rápidamente porque entendía la situación de confusión del pobre de Demetrio.

—Si, como suponemos la sentencia en la segunda instancia, que es donde está, sale favorable a nosotros, echamos a los usurpadores y de la venta o desarrollo inmobiliario de ese predio sale tu solución, Demetrio. No importa cuántos seguidores tengas o si tiene valor histórico tu iglesia.

Los tres se quedaron callados. El párroco quería preguntar una cantidad de cosas, pero no lograba enhebrar razonablemente la pregunta. Por su estómago subían ácidos maléficos y su mente estaba nuevamente alborotada por esas novedades. Tenía que ordenar su razón y encuadrar todo lo que había escuchado en la nueva situación. Pero no era este el momento. Como no había preguntas la reunión terminó y el arquitecto, seguro de sí mismo y de sus razonamientos, se fue. Cuando quedaron son su amigo, se sentaron los dos y el superior le dijo:

—¡Dentro de todo son buenas noticias! ¡Tenés una solución cercana! Te aseguro que voy a hacer todo lo posible para que no elijan tu parroquia ya que hay cercana una fuente de dinero. ¡Es una gran solución!

Demetrio lo miraba y pensaba en Rodolfo. ¿Lo estuvo usando? ¿Era posible fingir así? Le hubiera gustado no tener que pensarlo, pero no lo podía evitar. Se quedó callado. El obispo lo miró con seriedad y luego sonrió con afecto.

—Siempre hay un lado bueno y otro malo de todo lo que sucede querido Demetrio. No te voy a repetir lo de la puerta que sirve para entrar o bien para salir, como decían los romanos. Me ofrezco a ayudarte con el sacramento de la confesión. ¡Además si preguntas cuántos seguidores tiene en YouTube los otros vas a ver que no estás ubicado nada mal! ¡Algunos ni siquiera lo tienen!

Demetrio, abrumado por los hechos, con tanta tensión acumulada, estuvo de acuerdo y comenzó a hablar de lo que sucedía en su mente, esperando el sacramento de la penitencia y reconciliación. Ya se ocuparía del resto.

El punto de vista

Era un día lluvioso de invierno. Correspondía, entre otros, justamente al santoral de Santiago Apóstol. Recordaba una de las vecinas, fallecida durante la presente emergencia sanitaria por causa del virus. Sufriendo ella, como tantos otros, la amarga y frustrada espera de la vacuna. Nunca supo si la mujer fue víctima directa o indirecta del covid, porque ni siquiera pudo administrarle el óleo de los enfermos debido a las restricciones de aislamiento. O eso le dijeron. Alguien, entre sus hijos, le tenía tirria.

Esa animadversión hacia él apareció cuando la mujer vino a contarle parte de su peregrinación por el Camino de Santiago. Entonces él, Demetrio, el párroco, propuso hacer una reunión con otros fieles y aprovechar y relatar su experiencia, que en definitiva era mística antes que turística. Aunque luego, durante la charla eran muchas más las preguntas sobre el hospedaje, los costos y las comidas, que sobre su vivencia religiosa en el camino.

Ella era una persona devota, muy cercana a la iglesia y en un momento le dijo a Demetrio que iba a donar una propiedad que tenía en Pilar o en Tigre, no recordaba bien, para que la vendieran y con eso tuvieran ingresos tan útiles a su actividad pastoral. Eso fue unos cuantos años antes, a poco del inicio de su ministerio. La mujer murió y nunca supo más nada. Eso debía estar conectado con que no le dejaran ni acercarse cuando supo de su estado. Era lo más probable.

Ya había celebrado la misa tempranera en su mínimo departamento, que estaba en la misma manzana, pero sobre una trasversal.

Pensando una cosa, por analogía, uno se engancha otro recuerdo, parece que así funciona la mente y la memoria. Porque esa era una explicación del porqué el recuerdo del legado fallido y el relato del viaje en peregrinación de la vecina lo vinculaba a una charla que tuvo con su sobrina tan querida, la psicóloga. Ella era muy paciente con él y lo justificaba diciendo que lo tenía en gran afecto y gratitud porque prácticamente la había ayudado a crecer y madurar. Demetrio no había hecho más que su obligación de tío, ante la muerte de su madre y la desaparición de su padre. Pero volviendo a la conexión entre el asunto de la peregrinación poco mística y la herencia volátil, ella le explicaba que la utilidad de las razones del análisis estaba en que es muy importante comprender el llamado «punto de vista», o sea como el otro ve y percibe lo que sucede e interpreta lo que hace. Ese subjetivismo le era ajeno al padre Demetrio Deal. No solo porque no fuera el padre biológico de ella, que era su sobrina, sino porque, en realidad, su función era más amplia. Ya que era padre sustituto de su rebaño, de sus fieles en asamblea que conformaban la Iglesia, de cuyo altar mayor (y en realidad todo el resto también porque no había otros curas ni tampoco diáconos) era responsable vicario. Él explicaba que en esa condición la moral del magisterio no podía ser casuística, salvo en la consideración de atenuantes o agravantes, pero debía llegar al carozo de objetividad que el presbítero esclarecería y eventualmente sobre ese calibre valoraría el arrepentimiento, fijar la penitencia y apreciar la corrección hacia el recto camino. Por eso el subjetivismo del juicio no podía ser tan amplio, aunque fuera individual y fácil o difícil se obligaba a encuadrar en la moral dogmática. So pena de injusticia e imprudencia. Nunca llegaban a acordar sobre esto.

En esas y otras doctas conversaciones disfrutaba la presencia de su sobrina. Pero ahora ella no estaba. ¿Es posible con el recuerdo reemplazar la ausencia de los otros, especialmente los seres queridos? El apóstol del santoral hubiera dicho que sí, pero él no se animaba a afirmarlo. La carnalidad de la presencia, justamente consiste en el efecto de su tangibilidad directa que genera sensaciones y emociones. En consecuencia, casi siempre, la curiosidad de escuchar e intercambiar los diferentes puntos de vista. Esa combinación la hacía insustituible. Se daba cuenta que había dicho en modo más o menos elegante, una obviedad. ¿Por qué se metía en esos temas?

Es entonces que la realidad lo desconectó de sus memorias divagantes, de un hondazo, como quien dice. Recibió el llamado de Rodolfo, uno de sus mejores colaboradores. Se saludaron amablemente. Demetrio le volvió a contar lo que había escuchado sobre el juicio próximo a sentencia sobre el inmueble que, él con otros, estaba ocupando y cómo eso podía ser una solución para su problema financiero. El arzobispado vendería esa propiedad y dispondría, gracias a la ayuda de su amigo y superior jurisdiccional, hacerle llegar buena parte del dinero para sus trabajos de reparación y aumentar la obra con los fieles del barrio. Rodolfo estaba perfectamente al tanto del estado procesal del expediente. Inclusive le pareció una buena idea que el producido por la venta o recupero de fondos de algo generado por alguno de los fieles de una parroquia volvieran a esa parroquia y no se usaran para otras. Demetrio advirtió que el otro estaba diciendo algo parecido a lo que había dicho él, pero no era exactamente lo mismo. Le llamó la atención, pero no atinó a explicar la diferencia próxima que pudiera haber. Igualmente, Rodolfo vendría para asistirlo en el oficio del mediodía, el que cargarían en las redes, luego se quedarían charlando. Quedaron de acuerdo, faltaba poco tiempo para eso.

Demetrio hizo algunos llamados a sus más cercanos feligreses, y a otros, que tomaba al azar de su amplia libreta electrónica. Ocupó prácticamente todo lo que quedaba de la mañana, hasta que el mismo Rodolfo, con un discreto saludo lo interrumpió. Lo ayudó a prepararse para la misa.

El sacerdote dedicó la homilía justamente al asunto de la liviandad del juicio superficial, sobre asuntos tan importantes, como la verdad, la justicia y la caridad. Eran situaciones obligatorias. Cuando el día anterior preparaba el sermón se daba cuenta de que eso era un poco abstracto para quien lo escuchara, más aún por el celular o la pantalla de una computadora. Consideraba que no podía usar el ejemplo, la parábola o quizás hasta la metáfora para enriquecer el discurso y facilitar la comprensión, porque se perdía su efecto con tanta mediación digital. La superficialidad se debía a esa divulgación fuerte y atractiva del «punto de vista», jerarquizando el individuo material frente a su dimensión espiritual y su existencia compartida. Por lo menos con esa figura, la del «prójimo». Concluyó su discurso en ese mensaje diciendo que de alguna manera «todos y cada uno éramos el prójimo». Tratando de hacer hincapié en la primera persona plural, la clave de la frase. Evidentemente tenía ese asunto bien metido dentro de su mente.

Rodolfo no parecía inmutares. En cambio, los otros que lo ayudaron en la misa quedaron conmovidos. Mientras Demetrio iba hacia la sacristía para dejar los paramentos pensaba si tal conmoción se debía al contenido de su homilía o solo al énfasis, como si fuera un predicador, experto en el uso de lenguaje y expresiones rimbombantes, en lugar de un modesto párroco urbano que quiere hacer llegar el divino mensaje. ¡Ojalá Dios le diera la sabiduría necesaria para perforar esa capa de materialismo!

Cuando todos se fueron, quedó a solas con Rodolfo. Se sirvieron un té y ambos se sentaron, uno frente al otro en la mesa de la sacristía.

—Padre, el asunto es muy simple. Cuando murió la dueña de la gran casa, trabajaban allí cinco personas.

—¿Y eso qué tiene que ver? La persona era la propietaria de esa casa y vivía allí desde hace muchos años. Creo como 40.

—Es cierto, estaba allí desde que se casó, la casa a su vez era de los padres del marido que vivían en el campo que tenían.

Pero Rodolfo tenía más que decir y Demetrio se dio cuenta de que estaba serio, concentrado, en lo que él, en cambio, debía saber escuchar.

—Es así, los padres del marido murieron y así los de la mujer. Ellos tuvieron tres hijos, a los que nosotros conocemos bien.

Esa parte le faltaba a Demetrio, se lo dijo. Él no los conocía y no sabía que la señora tuviera tres hijos viviendo con ella. A ella sí la conoció antes que muriera.

—No le hablaba de los tres hijos porque estaba muy peleada con ellos, enfrentada. Primero se quedaron con el campo y de a poco le fueron quitando el resto de su patrimonio. La querían declarar demente.

Una niebla comenzó a abrirse dentro de la memoria del cura. Ahora recordaba que la mujer le comentaba sobre una gran tristeza que tenía. Él la notaba amargada, pero pensaba se debía a que se había quedado sin dinero y no sabía ya cómo mantenerse. Le vino a la cabeza cómo la mujer casi se quejaba de él porque Dios no se la llevaba pronto y no la condenaba a esa vida de vieja solitaria en esa casa inmensa que no podía mantener. Demetrio recordó que le propuso venderla y ella reaccionó muy mal. Ella veía eso como una traición a la memoria de su marido que eligió ese lugar para vivir con ella. E incluso allí murió. Demetrio ahora se acordaba bien de su respuesta, esbozó vagas referencias a la Providencia, a la inmensa sabiduría del Creador que por alguna razón la sometía a estas pruebas. Pero la mujer estuvo unas semanas sin venir. Cuando volvió, caminando lentamente con su bastón, entró a la iglesia erguida, derecha como un palo, aun con esfuerzo y se sentó discretamente en la punta de la primera fila. Todo eso le vino a su cabeza, tanto que Rodolfo le preguntó al cura si se sentía bien ya que le dijo que recién comenzaba su relato.

—Sigo. Los cinco que trabajaban allí trataron de reparar lo que podían y no llegaban casi nunca a cobrar el sueldo y eso que estaban en negro, porque el dinero era muy poco, solo una pensión del marido y una jubilación mínima que lograron sacarle en el último año de su vida.

Rodolfo se levantó de nuevo y se sirvió otra taza de té. Demetrio no había tocado la suya.

—La cosa es que uno de esos cinco era mi padre. Murió al principio de la maldición de este virus, el año pasado. Desde ese momento nosotros convocamos a otras personas sin hogar para tratar de mantener el edifico en pie. Creo que lo mejoramos bastante.

Rodolfo le siguió contando toda la obra que habían hecho durante esos años de ocupación, pagando inclusive algunos impuestos, después de enormes esfuerzos. Así evitaban que los pudieran rematar.

—De paso se juegan a quedarse con la casa si logran juntar pagos en el plazo suficiente.

Pero Rodolfo no le retrucó la ironía. Probablemente fuera cierta y lo viera casi como justo y correcto, además de necesario.

—Igual el juicio parece que va a salir y como le anticiparon. Es posible que nos desalojen. Ya veremos adónde ir.

Demetrio se quedó mirándolo. No sabía bien qué decir. Rodolfo parecía vacío después de lo que había contado. Levantó la cabeza.

—La verdad que entiendo que no le gusten esos tipos, el arquitecto y el financista. Seguramente a mí tampoco. Me chocaría esa actitud de llevarse todo por delante aun con razonamientos elegantes que a la larga terminan en maneras violentas, aunque no las hagan ellos.

Demetrio ya sabía dónde quería llegar el otro con tanto parlamento. Lo cortó:

—Decímelo, Rodolfo, de una vez. Estás bastante de acuerdo con eso. No tener tanto patrimonio inmobiliario que muchas veces es para beneficio de amigos y otros vivos. ¿Pero cerrar iglesias? ¡Templos consagrados! ¡Hasta una basílica, aunque sea menor! Mejor no sigamos.

Se quedaron los dos mirándose. Dos puntos de vista que tenían bastante en común. Demetrio meditaba sobre lo hablado y ponderaba que decir. En definitiva, era un cura, pastor, propagador de la fe, aunque sus resultados recientes fueran pobres.

—¿Qué van a hacer si los desalojan? ¿Dónde van a ir?

—Vamos a ir viendo. Si nos sacan tenemos que buscar otro lugar, no hay duda. Creo que no falta mucho. Por lo menos va a ser una solución para esta querida iglesia.

—¿Qué te parece, Rodolfo, que, si todo sale así, habilitamos la parte de atrás? Sería una parte importante del salón, el que da al fondo, contra la medianera del edificio. Pueden estar allí, por lo menos un tiempo. Aprovecharíamos y celebraríamos misa también en alguna capilla.

Era una forma inesperada de tener gente en la iglesia, por cierto. ¡Son los infinitos e inescrutables designios del Señor!

Demetrio debía pedirle autorización al obispo auxiliar para tener esa gente allí, le objetarían que si todos los que no tienen vivienda ocupan las Iglesias, la solución podía tener un efecto cascada tan malo como cerrarlas. Pero esa sería otra historia. Haría valer su punto de vista.

La espera

Hay momentos en la vida de un hombre, en que siente que los acontecimientos, su mismo y propio futuro, queda fuera de su acción. Las cartas están echadas, se suele decir. Eso nunca le debería pasar a un cura. La fe y la esperanza son el marco de su vida, la caridad es la acción, así que no puede haber pasividad. Eso era la teoría o quizás el deber ser. Pero el sentía otra cosa, precisamente la sensación de estar a la espera, aguantar, juntar paciencia y quedar atento a lo que sucedería. El problema, en su parroquia como en tantas otras, era que la emergencia sanitaria, tan larga y poco efectiva, pegó fuerte siendo que justo había reducción del número de fieles en las últimas décadas. Que ya venían bajando previamente. Agregarle a eso las prohibiciones por el virus era mucho, demasiado.

En otros momentos, razonaba, tal vez el temor a la enfermedad y la horrible muerte reforzaría la necesidad de la fe, el acompañamiento clerical, la serenidad de la oración, la confianza en la vida perdurable y la feliz espera de la resurrección. Pero algo había fallado en esa hipótesis. Demetrio, el párroco, se sintió culpable por mucho tiempo, de ser incapaz de comunicar la disponibilidad de ese mundo mejor que propone la religión, antes y después de la muerte. El hecho concreto es que, aun, usando, en lo que podía, las redes sociales, a duras penas sostenía la comunicación con algunos de sus fieles conocidos. Pero no lograba nuevos y no solo eso, enmudecían también muchos de los conocidos.

Su situación era de espera porque en los últimos días no había ocurrido nada. Por lo menos nada de lo que él esperaba. Su amigo y superior, el obispo auxiliar solo le recomendaba que siguiera con su tarea pastoral y se dedicara a la oración. En realidad, más que a eso, ayudado por Rodolfo se encargaba de albañilería y pintura, en todo lo que podía. ¿Qué esperaba? Por un lado, estaba la sentencia judicial sobre la titularidad del inmueble que ocupaba el mismo Rodolfo y su gente. En esos días se enteró que existía una feria judicial también en julio, cuando según había escuchado los tribunales por la cuestión del covid-19 ya funcionaban a media máquina para cualquier trámite y proceso. Pero la cuestión es que debido a ese receso la sentencia debía esperar y en consecuencia la cosa se demoraba. Si, como parecía ser la resolución salía favorable al Arzobispado, el obispo auxiliar le había asegurado que con la venta o lo que hicieran con el inmueble una buena parte le llegaría a su parroquia. Si eso ocurría así, podría hacer muchas de las obras que tenía pendientes y no tener problemas con las inspecciones del gobierno. Sería una gran ayuda. Posiblemente le quedaría también dinero para fortalecer su actividad en el barrio. ¿La difusión de la fe dependía del dinero? Teológicamente su respuesta era que no, pero sin duda prácticamente ayudaba bastante.

En ese caso le quedaría una situación un poco ambigua con Rodolfo, su gran colaborador, presidente rotativo de los Amigos de la Parroquia de Santa Teresa. Su proyecto era que, si todo funcionaba como previsto, o sea se desalojaba el inmueble, él habiendo aprendido la importancia del «punto de vista» del otro, y mostrando la mejor cara de la verdadera caridad recibiría en una parte del salón trasero a todos los desalojados. Era el lugar que habían reparado y prácticamente puesto a nuevo con el mismo Rodolfo. Demetrio no veía la conducta del otro totalmente o propiamente como una traición. Es cierto que, por un lado y al mismo tiempo colaboraba con él y por el otro ocupaba un inmueble que estaba en litigio con la propia iglesia y eso era contradictorio. Pero el hombre no era ni del todo malo ni del todo bueno. Demetrio demostraba su grandeza moral, justamente acogiéndolo en la iglesia, que en fin de cuentas era de todos, dijeran lo que dijeran las escrituras de dominio. El cura reflexionó mucho sobre el asunto, la importancia del «punto de vista». Llegó a la conclusión que tal vez él mismo, en iguales circunstancias, hubiera hecho lo mismo. ¡En definitiva la propia dueña de casa jamás los quiso echar! ¡Al contrario! Correcto o equivocado que estuviera, el presbítero estaba seguro de ese camino, los recibiría en esa misma iglesia. En cualquier momento se lo diría al obispo. ¿Y si su amigo y superior no estaba de acuerdo? Lo convencería y si no lo lograba lo haría igual. ¡A ver si alguien se animaba a desalojar una iglesia llena de gente!

También había otro tema que lo tenía en espera. El proyecto inmobiliario de reducir un diez por ciento las propiedades, incluyendo las sacras para garantizar al arzobispado la buena gestión y supervivencia del otro 90 por ciento. Estaba en desacuerdo con eso. ¡No podía ser que no hubiera otros inmuebles disponibles para monetizar! Se dio cuenta que ya había incorporado esa palabra horrible, pero era adecuada, reconoció. Demetrio le preguntó al amigo, su superior, en que estaba ese tema y el otro le contestó con vaguedades. El asunto se podía poner serio porque habían mencionado su templo como uno de los sacrificables. Claro que, si salía favorable a la curia lo del juicio, su amigo le aseguraba que no tocarían su querida iglesia. Pero todos eran tiempos que no manejaba, por eso la espera era difícil de asimilar.

Celebrada la misa de la mañana, esta vez bien temprano, recordando a san Ignacio de Loyola, fundador de la Compañía de Jesús. ¡Ojalá tuviera el cerebro y las relaciones de los jesuitas! De inmediato se arrepintió de esa blasfemia. Todos los sacerdotes tienen la misma ordenación y los contactos solo son coincidencias y circunstancias. Los ordenados son iguales ante Dios y no solo eso, sino que se les pide el mayor esfuerzo para ayudar a sus fieles, asistir, ejercer dignamente su ministerio y no andar envidiando a otros. Llegó a la iglesia dando grandes pasos y se puso a limpiar él mismo toda la escalinata y la entrada, para mostrar que la casa del Señor estaba siempre abierta y en condiciones, aunque por ahora no se pudiera entrar ni permanecer. Pero eso era transitorio, ya se superaría. Ese trabajo físico le hizo bien y en unas horas, había ordenado con toda su energía posible prácticamente todo el interior también.

Pudo celebrar la misa de las 12, con varios ayudantes, entre ellos el inefable Rodolfo. Luego la cargaría a YouTube. Fue en ese preciso momento que una idea impactó en la mente y distribuyó sus efectos en el ánimo del padre Demetrio Deal, la relación con Rodolfo nunca volvería a ser la misma. Un cura no puede decir «nunca» porque la gracia es infinita e inescrutable, por lo que ninguna actitud de distanciamiento puede ser permanente. ¡Cuántas veces escuchó eso ya desde los tiempos lejanos del seminario! Pero la cosa ahora estaba así. Él lo ayudaría por afecto al prójimo y por tantas cosas buenas que había hecho para su parroquia. Pero se mantendría distante por un tiempo. Era lo mejor, era cuestión de esperar. Saludó a sus ayudantes y dejó abierta de par en par la puerta del templo. Mostraba simbólicamente que la iglesia estaba abierta. Igual. Como ya dicho, no entrarían multitudes y no solo por las restricciones sanitarias, pero estaba abierta para cualquiera. Meditabundo interrumpió sus cavilaciones para rezar ante san Carlos. Pensaba en rezar ante algún jesuita, pero no recordaba tener a ninguno en la iglesia. Se ocuparía, algún día de traer alguno de los muchos santos que había entre ellos, los de la Compañía de Jesús. Hizo un ejercicio de memoria y recordó a Pedro Claver, Francisco de Borja y Aragón, Pedro Fabro, Luis Gonzaga, Renato Goupil, primer mártir en Estados Unidos, Francisco de Jerónimo, José Pignatelli el misterioso líder durante parte de la Supresión, Alonso Rodríguez, José María Rubio. No creía recordar tantos y sabía que así y todo había varios más. Estaba deslizándose por esas zonas poco transitadas de su memoria cuando, tal vez por esos laberintos de las circunstancias escuchó unos pasos detrás. O sea, alguien estaba entrando. La persona estaba de espaldas al sol y él no lograba distinguirla bien, parecía una figura pequeña que caminaba con dificultad apoyada en un bastón grueso. No tenía ninguna cita, pero para estaba la puerta abierta, para entrar. Se acercó en grandes zancadas mientras la otra persona con gran esfuerzo daba un par de pasos hacia él.

—¡Doña Rosa! Hace mucho no la veo. ¡Qué alegría haya venido! La veo bien, qué bueno esté aquí.

La mujer le hizo una seña como para que dejara de hablar y la ayudara a llegar hasta el primer banco delante del altar mayor. Prácticamente la agarró en el aire, era muy flaca y ligera. La apoyó donde le había pedido. Se sentó y retomó el aliento. De pronto le dijo:

—Sabe, padre, que me llamo Encarnación Rosa de la Cruz. Pero bueno usted siempre me llamó doña Rosa, como hacía el periodista ese. Igual no vine a hablar de eso sino me pareció que necesitaba ayuda.

El cura se sintió un poco desorientado. Era cierto que muchas personas de edad se van reduciendo y parecen achicarse, como para balancear mejor el equilibrio energético, comen poco y consumen poca energía y el cuerpo aguanta mejor. Sobre el tema tocaba de oído, pero fue lo que se le ocurrió al verla. La mujer debía tener bastante más de 90 años. ¿De dónde habría sacado que era él el que necesitaba ayuda? ¿Estaría mal de la cabeza?

—Me imagino que se pregunta quién me dijo que necesitaba ayuda. Muy simple, yo soy una vieja y la carrocería la tengo estropeada, pero la cabeza me trabaja. Como tengo poca movilidad me la paso mirando internet. Allí se encuentra de todo.

El cura se quedó mirándola con estupor. No se esperaba semejante ocupación en doña Rosa, pero tampoco había contestado con precisión a la pregunta.

Sí, ya sé. Quiere saber más. Tiene que saber que me distraigo también entrando al sistema judicial y mirando los procesos que tienen que ver con asuntos que me interesan. La Iglesia católica me interesa.

Demetrio estaba empezando a tener una sospecha de hacia dónde apuntaba la mujer, pero no dijo nada.

—Le voy a mencionar tres cosas que lo van a conectar de inmediato. Conozco y sigo lo del juicio del inmueble y le aviso que tarde o temprano lo va a ganar el arzobispado. Lo segundo es que a ese financista le tengo clarito el rastro. Es uno de los crápulas conocido de mi hijo mayor, el que vive afuera, como todos los otros, a decir verdad.

A Demetrio se le estaban mezclando los papeles con tanta información junta pero no preguntaba nada. ¡Qué cabeza tenía esa mujer!

—La tercera que le digo es que si no se hace fuerte le van a tirar abajo esta querida iglesia con la excusa de las grietas y después chau Pinela. Disculpe que use palabras y expresiones medio vejardas, pero es que mi cabeza funciona así, con ese palabrerío.

—No hay problemas, la palabra es lo de menos, lo importante es el significado, lo que quiere decir.

Pero la mujer estaba lanzada y terminó de comunicarle todo lo que le quería decir.

—Y yo le voy a dar una carpeta digital con información para que se haga fuerte. Y no le digo que le voy a dejar dinero porque usted no puede esperar tanto tiempo.

Demetrio se quedó petrificado ante esto último, pero disimuló lo que pudo. ¿Cuánto pensaba vivir la mujer esa? Para poder ir procesando de a poco todo lo que le estaba diciendo se le ocurrió preguntarle sobre su familia. Pero antes la mujer aclaró.

—Mire, padrecito, no le dije nada nuevo que usted no supiera. Ya imagina que ese financista quiere el terreno. También sabe que por más que usted tenga amigos en la jerarquía, la necesidad es la necesidad. Usted la va de fiambre.

Rodolfo, su amigo y superior el obispo, de una vez por todas Demetrio debía darse cuenta de que en este conflicto estaba solo. Solito y solo contra un sistema que si podía se lo tragaba. Lo mandaban a una residencia o lo dejaban vegetar hasta los 75 y a la jubilación. La mujer tenía razón.

—Lo único nuevo es que le voy a dar una información detallada de cómo, porque y por cuánto se hizo una operación inmobiliaria unos cuantos años atrás. Costó bastante callar las protestas. Usted va a usar eso. Porque nadie quiere remover un escandalete de esos.

—¿Me va a dar información para que amenace con divulgarla? ¿Y con eso me defiendo? ¡A usted le parece!

—Es posible que tenga que hacerlo le guste o no. Porque entre que sale la sentencia, suponiendo que quede firme, cosa que no creo y venden o hacen plata esa propiedad va a pasar más de un año, por debajo de las patas. ¿Y si lo aprietan antes con una inspección? ¿Se cae algo de mampostería y justo le pega a alguien? ¿No sabe lo misteriosos que son los caminos del Señor?

—¡Esos no son caminos del Señor sino de Lucifer! ¡Sería un escándalo a los ojos de Dios! ¡Que armen una trampa así!

—Lo que importa es lo que pasa a los ojos de la gente. Casi ni siquiera eso. ¡Sino lo que pasa a los ojos de los jueces justo en el momento en que los tienen abiertos y están mirando hacia allí!

Demetrio estaba desolado ante la frialdad de la mujer. Para colmo sentía que lo que le decía era razonable, lineal, directo, irrefuta ble. Sentía una enorme impotencia.

—Padre, usted es un hombre bueno. Eso es condición necesaria y es excelente cuando todo va bien. Pero ante los contratiempos no hay que quedarse quietos. Le recomiendo se lea la carpeta y luego va y como quien no quiere la cosa se lo cuenta indignado a su superior. Seguro que la indignación le dale espontánea. Con eso gana tiempo, seguro. Luego iremos viendo.

Demetrio pensó que increíblemente la mujer tenía razón. ¿Era él un hombre sin carácter? ¿Cómo no se le había ocurrido a él? La mujer le leyó la mente y le dijo.

—No se preocupe, yo aprendí a los tumbos. Vengo tratando con tránsfugas hace por lo menos 50 años. Le voy a contar para que no se sienta solo.

Entonces, sentada en el primer banco, al lado de él, frente al altar mayor, pero mirándolo a él ella comenzó el relato. Sin emociones ni altibajos, como si fuera algo normal.

—Mi marido, Gastón era un petitero. Un hombre guapo, pero un malandra. Mi familia me dejó unos campos que todavía tengo y de los que me ocupo yo directamente, aunque solo sea a través de la pantalla. Por suerte los pude mantener y compré más.

Demetrio no sabía qué decir, por lo que la acompañaba con gestos de consenso o disenso según le pareciera la situación del personaje en el relato. En general era disenso.

—Gastón era bueno para las mujeres. Era de esos hombres que gustan a las mujeres. Para el resto un inútil. La parte buena es que tuvimos cuatro hijos, todos seguidos. Para que no hiciera mayores desastres traté de aislarlo.

—Ah, claro que viera pocas mujeres.

—No, eso era imposible. Tenía sociedades para los campos y a él le daba la plata justa para que viviera bien. Ya desde ese momento aprendí a cuidar el dinero. Le puse una oficina en el palacio Barolo. Se la pasaba contratando secretarias y empleadas pero las cuentas las manejaba yo.

El cura escuchaba absorto. La mujer, casi curva por escoliosis y apoyada en el nudoso bastón de madera, aún sentada, seguía hablando. Como si tuviera satisfacción al contarlo.

—Un día entró a la oficina Carmelo, el verdulero. Resulta que Gastón embarazó a la hija y luego le dio unos pesos para que abortara. Se imagina cómo terminó todo.

Demetrio estaba horrorizado. ¡Un aborto! No sabía qué decir. Solo lanzó un par de exclamaciones e hizo un gesto vago como para tapar oídos y ojos a la pintura de san Valdivielso que siempre parecía mirarlos.

—No se preocupe, ya termina. Así es la vida. Gastón se imaginó que se le iba a aparecer el viejo Carmelo enfurecido. Murió la hija, su hermosa hija ligada con un tahúr como ese. Mi marido se lo esperaba y cuando el otro se le pareció tenía un revólver cargado arriba de la mesa y un fajo de billetes que había tomado prestados para convencerlo.

El padre Deal le quería decir que no le contara más, pero no le salía ningún sonido de la garganta. Aún después de tantos años, comenzó a recordar ese episodio. Salió en todos los diarios. Había sido un escándalo. No se acordaba que nombraran a doña Rosa. Pero ahora era irrelevante.

—El asunto es que Gastón era también medroso y se animaba con el licor. Se tragó media botella de ginebra cuando el otro entró pateando la puerta. Primero le ofreció el dinero, pero el otro quería su vida no el billete. Gastón agarró el revólver y disparó. Creyó haber dado vuelta el tambor y que no le quedaban ya balas.

Entonces la mujer dio un suspiro y una sonrisa como si fuera casi gracioso el recuerdo o tragicómico.

—Gastón era un pánfilo, hasta para eso. Le erró todos los tiros. El otro se le acercó y le agarró fuerte la mano, le torció la muñeca y le hizo apretar el gatillo con su propio dedo. Cuando escuchó el ruido de la bala, ya la habían casi volado la cara. Eso fue todo.

A Demetrio le pareció un cuento horrible pero no se animó a decirle nada. En realidad, la mujer no tenía culpa. ¿Qué le iba a decir? ¡Que era de mal gusto contarlo así, casi con placer!

—A mis cuatro hijos, que son tal para cual el padre, los obligué a ir a vivir al exterior. Tienen una cuenta en el banco suizo EGY y yo le giro todos los meses lo necesario. Si vienen acá no les doy nada. Tienen que trabajar.

El cura estaba más firme que una piedra, no sabía qué decirle. ¿Qué podía decirle?

—¿Usted se quiere confesar? ¡Tal vez alivie su carga!

—Otro día, padre Demetrio. ¿Cuál es mi culpa? La verdad que no siento ninguna. Al contrario, me parece que hice y hago lo que tengo que hacer. Fíjese que sin que supiera a ese pobre italiano, Carmelo, yo misma le conseguí un buen abogado. Se lo voy a recomendar al doctor Carlos cuando lo necesite.

Demetrio casi le contesta con horror que no estaba necesitando ese tipo de ayuda. Fue prudente. La vieja, la mujer que tenía delante no era ninguna estúpida y nunca se sabía qué podría necesitar.

—¡Ayúdeme a arrodillarme, quiero rezar un poco!

Él hizo eso de inmediato. Era tan flaca que parecía no tener peso. La acomodó muy rápido. La mujer oraba en voz muy baja y a Demetrio le dio vergüenza querer escuchar. Se alejó un poco. Luego directamente fue hasta el baño. Hizo un té. Desde lejos la miraba arrodillada en el primer banco. No sabía que pensar, pero si algo le despertaba era admiración por su firmeza y determinación. Finalmente le hizo un gesto y fue solícito a ponerla de pie.

—Gracias, padre Demetrio. Va a ver que le va a servir lo que voy a mandar. No se olvide, sea firme con ese superior suyo. La amistad no quita la necesaria claridad y la defensa de los intereses de cada uno. Otra vez, con tiempo, si quiere, le cuento como negocia su amigo y se va a dar cuenta.

Demetrio la vio caminar lentamente hacia la puerta de la iglesia. Doña Rosa caminaba despacio, pero sin apuro. En la acompañaba a su ritmo. Cuando llegaron a la puerta, la mujer se le acercó con la mejilla.

—Padre, deme un beso, que hace mucho que no tengo esa sensación. Nadie nos ve, olvídese del covid y acuérdese de doña Rosa.

La salida

Demetrio Deal, párroco de Santa Teresa, se levantó temprano como casi todas las mañanas. Pero ese día parecía ser distinto. Ya estaba por celebrar la misa en su departamento y escuchó, no una, sino dos veces el timbre. Eran dos vecinos que deseaban acompañarlo, y darle su ayuda para cumplir el oficio.

Ya Demetrio sabía que se estaban ampliando los permisos públicos que flexibilizaban las restricciones de la emergencia sanitaria. Ahora se incluían las liturgias y reuniones religiosas con un aforo del 30 por ciento. Eso en su iglesia tan grande era una buena cantidad de gente, pero también hasta diez personas en los lugares cerrados, lo que permitía continuar con la vieja práctica de poder dar la misa con algunos vecinos del departamento. Por esa razón aparecieron los vecinos y seguramente con el correr de los días serían más. ¡Tenía que ser el día de san Cayetano! Iba a ser un gran sábado, imaginó para todos y deseó también para sí mismo.

Cuando llegó a la iglesia, terminada la misa y hecho los pocos pasos que lo separaban desde su domicilio, admiró el día de sol, deseando fuera una adecuada metáfora. Hasta tal vez demasiado caluroso para lo que era de esperarse. Abrió de par en par las puertas de la iglesia y se puso a limpiar todo lo más rápido que pudiera pensando en que podría venir mucha gente. Paró un rato en la sacristía y se tomó un té. Cuando volvió a la nave central vio algunas personas, que probablemente entraron para rezar porque la misa recién iba a ser a las 12, faltaban varias horas. Estaba un poco oscuro en el interior, pero no prendió las luces, no era necesario. De pronto una persona que estaba cerca de la entrada, de pie, le hizo una seña, como para que fuera hacia ella. Se acordó que no había hecho las llamadas que solía hacer todas las mañanas, a los vecinos que conocía más. ¡Se estaba poniendo viejo! Fue hacia quien gesticulaba. La mujer era joven y como estaba a contraluz solo veía que tenía puesto un vestido corto y una campera de jean, tal vez no era tan joven como parecía.

—Padre, necesito hablar con usted. ¿Tiene unos minutos?

Demetrio tenía tiempo para todos, más todavía si lo pedían. Le preguntó si quería confesarse, pero ella le dijo que prefería «hablar». Lo dijo con un tono amable, bajo, como si fuera una especie de secreto.

—Vayamos a sentarnos allí, entonces. En el banco que está en este costado.

Efectivamente en ese lugar estaban lejos de las otras personas. Se acomodaron y ella se colocó muy cerca de él, de costado. Tenía un perfume fuerte y Demetrio se sentía un poco incómodo con esa cercanía.

Ya que estaba la observó mejor y vio que su cuello no estaba tan liso como el de una mujer muy joven, lo que confirmó su opinión inicial. De todas maneras, le llevaría sus buenos 30 años, razonó. Se hizo un silencio que Demetrio cortó invitándola a que le contara lo que le quería decir, en total libertad. Él estaba curtido por tantos años de sacerdocio. En realidad, no era precisamente eso lo que quería decir, pero ya estaba hecho. Le salió una inesperada vanidad. La mujer le comenzó a relatar una historia dramática, mientras cada vez que comenzaba un nuevo párrafo de sus padecimientos se le acercaba un cachito más. Le contó que sufría malos tratos a manos de un marido alcohólico y jugador. Decía estar llena de moretones, pero Demetrio no veía ninguno. Efectivamente la estaba mirando y bien de cerca, demasiado tal vez. Entonces ella, para demostrar sus dichos bajó una parte de su camperita y dejó a la vista sus dos senos, que vistos desde arriba y pegados el uno al otro daban una impresión tal vez más consistente de lo que eran.

No conforme con eso levantó parte de su falda y entrecruzó sus piernas. Demetrio observó que no llevaba medias y su piel parecía bronceada. Sus muslos lanzaban destellos cobrizos y marcaban sus torneadas formas de un modo que el cura no recordaba en su corta memoria temática. Mientras los ojos de Demetrio se llenaban de sensaciones, ella llegaba a un punto de su historia que se le habían puesto los ojos húmedos y él, insólitamente, sentía diferentes sensaciones. Prevalecía entre ellas la de estar siendo seducido o llevado por un manojo de emociones olvidadas desde mucho tiempo atrás. La mujer estaba tan pegada a él que comenzaba a transpirar. Empezó a pensar fuera una trampa para desacreditarlo delante de los otros que estaban allí. ¿Qué le podía ver esa mujer a él? ¡tantas veces la iglesia vacía y justo ahora le venía a pasar esto! Estaba por reaccionar cuando sintió que un bastón de madera nudosa aparecía desde lo alto y se interponía entre ellos. Lo reconoció de inmediato y Demetrio se puso de pie como si lo hubieran sorprendido in flagrante y dijo:

—¡Doña Rosa! ¡Qué gusto verla!

—Yo conozco a esta mujer. Ella creo que también me conoce. ¿Querés que hable y diga quién te paga?

Dicho eso por la anciana, la mujer que estaba pegada al cura, se levantó y desapareció como una ráfaga.

—¿Ha visto cómo pueden ser las trampas? Mire si le sacan un par de fotos con su mirada hipnotizada prácticamente dentro de esa muchacha. Lo sacan del medio y están libres para hacer lo que quieran con este templo. Aunque, le digo, en estos días está de suerte. ¡Casi arruina todo! Diga que le di salida rápido a esa tilinga.

Ella habló así, todo seguido, sin parar. No esperó que él respondiera, comenzó a caminar con sus pasos cortos, como hacen las personas mayores para no caerse y en un instante estaba bajando las escalinatas y entraba a un auto, que la estaba esperando. ¿Cómo tendría todo tan sincronizado? Demetrio salió rápido tras ella para pedirle su número de teléfono o como ubicarla, pero ya era tarde. Había salido.

Esa misa de mediodía fue para Demetrio un verdadero regalo de Dios, en el sentido completo del significado. Vino bastante gente y no se puso a contar si llegaba, empataba o pasaba el permitido 30 por ciento. Vinieron Rodolfo y los de la casa, varios vecinos habituales y algunas caras nuevas. Una fiesta, nunca tan propicia para ese sábado de agosto. Ya soñaba con prepararse para el domingo y ampliar los horarios. Tenía muchos planes y un gran entusiasmo. Pasada la una entró a la sacristía y se fijó en sus correos electrónicos. ¡Tenía turno para la segunda dosis de la vacuna! No había querido ninguna preferencia y ahora le tocaba. Eligió ir hasta plaza Italia a primera hora del mismo domingo, después de la misa de la mañana temprano y con tiempo para la del mediodía que repetiría a la tarde.

Sonó el teléfono celular. Era el obispo auxiliar, su superior. Hablaron de las novedades sanitarias y luego el amigo le contó:

—Ojo, que te van a tratar de hacer pisar el palito. Parece que el arquitecto te preparó alguna que otra trampa para sacarte del medio. Pero vos sos grande ya.

—¿Pero tenés alguna idea? ¿Qué tipo de trampa? ¿Algo peligroso?

—No lo sé. Parece que, en la Conferencia, como pasa a veces, el plan inmobiliario presentado con tanto ímpetu lo pusieron en pausa.

Es una gran noticia. ¿Pero qué tiene que ver conmigo?

—Resulta que le hicieron llegar en forma anónima una carpeta con algunos pufos. Vos me entendés, algunas macanas que se mandaron estos. Inclusive apareció de nuevo el asunto de la venta de los terrenos traseros.

Demetrio relacionó eso con la única persona que le había hablado de eso, doña Rosa. ¿Podría haber organizado eso? Se quedó callado.

—¿Te quedaste mudo? ¿No habrás sido vos? Aunque no creo que tengas la dirección personal del presidente de la Conferencia y al mismo tiempo se lo mandaron al asesor legal, el del tribunal eclesiástico.

—Sabés que no tengo ni la más mínima posibilidad de tener algo así y además no lo haría.

—Igual cuidate. Porque esto puede ser solo transitorio. Si tenemos suerte sale el fallo en la semana y en un tiempo te consigo el dinero también. Pero igual, ojito, no te distraigas.

Demetrio agradeció los buenos consejos, bajo los cuales hacía también una segunda lectura, el hombre sabía bien las cosas de las que tendría que cuidarse. Por supuesto compartió la satisfacción por la evolución de la cuestión judicial. También le gustó lo de la Conferencia Episcopal. Un golpe magistral. Pero no había sido él.

Había encontrado una salida. Eso era concreto. Debería cuidarse porque salida no era exactamente lo mismo que solución. Esa noche, en sueños, volvió a encontrarse con la mujer que lo había visitado. Se despertó lleno de sudor y casi con vértigo. Con el tiempo también saldría de esa encerrona sensorial, había que tener paciencia. En fin, mejor agregarle fortaleza y templanza, por si con la paciencia no alcanzaba. Mientras esperaba el amanecer pensaba en la misteriosa doña Rosa. La que lo había ayudado. Si no fuera por ella otra qué salida, hubiera estado metido adentro con pito y cadena. Adentro de flor de lío.

Entre sombras y sensaciones finalmente durmió hasta el salir del sol.

Esta edición se terminó
de imprimir
en España
en abril de 2024

Made in the USA
Monee, IL
13 September 2026

62988793R00114